I CIRKELN ÄR VI ALLA ETT

Anna Martin

I CIRKELN ÄR VI ALLA ETT

.

Förlag: BoD · Books on Demand, Östermalmstorg 1, 114 42 Stockholm, Sverige, bod@bod.se
Tryck: Libri Plureos GmbH, Friedensallee 273, 22763 Hamburg, Tyskland

ISBN: 978-91-8097-071-6

~ Förord ~

Det finns en plats inom oss där tystnaden talar och svaren bor. En plats som vi ibland förlorar ur sikte, mitt i livets alla krav och röster som berättar för oss vad vi borde göra och vara. Det är en plats vi kanske inte ens vet att vi söker, men som vi ändå längtar efter att finna. Där vilar våra sanna drömmar, omsorgsfullt förseglade i hjärtats innersta rum.

I en värld där vi ständigt matas med idéer om framgång och där tempot driver oss bort från oss själva, blir sökandet efter den egna rösten en nödvändig handling. Att vända sig inåt är inte ett val, utan en resa vi alla förr eller senare måste göra. Denna resa är fylld av motstånd men också av befrielse. Här upptäcker vi att vi inte behöver hålla fast vid den form vi trodde att vi var fångade i. Inom oss finns en kraft, en sanning som kan förändra allt. Som en fjäril som bryter sig fri från sin kokong, kan vi också frigöra oss från våra begränsningar och flyga fritt.

Den cirkel vi träder in i handlar om gemenskap, om den osynliga tråd som binder oss samman. När vi vågar lyssna på oss själva och följer vår inre kompass, börjar vi också förstå att vi aldrig står ensamma. Vi är alla delar av något större, och våra individuella drömmar är sammanvävda i ett större mönster, ett som vi bara kan se när vi blickar bortom det yttre och in i det dolda.

Tillåt dig själv att drömma, att tro på kraften i det som är sant för dig, och våga lita på att när du lyssnar på den tysta viskningen, börjar du äntligen att leva.

~ * ~

Naomi satt ensam i sin nya lägenhet medan regnet smattrade
mot rutan. Ljuset från gatlamporna kastade skuggor över de
okända möblerna, och känslan av ensamhet gnagde henne. Hon
tänkte tillbaka på sitt nyligen upplösta förhållande, hur det hade
format henne och lämnat henne naken. Hon hade flyttat till den
lilla staden med en dröm om att börja om, men nu kände hon
sig vilsen.

Med en suck reste hon sig från soffan och gick till köket för
att göra en kopp te. Hon mindes hur hon och hennes ex brukade
dricka te tillsammans på regniga kvällar, och en våg av saknad
sköljde över henne. Men hon visste att hon behövde gå vidare,
att hitta sin egen väg.

Huset låg inbäddat mellan kullerstensgator och lindalléer,
med en självklar självklarhet som bara riktigt gamla byggnader
bar. Fasaden var blekt orange med flagnande puts, och i
solnedgången fick den en varm, honungslik ton.

Smidesbalkongerna var snirkliga och lite sneda, som om de skrattat sig igenom ett sekel av samtal och blomlådor. Trapphuset doftade svagt av damm, trä, blomster och något slags trygghet. Trappstegen var nötta i mitten, kaklet på väggarna handmålat och lite ojämnt, som om varje ruta bar ett eget hjärtslag. Det var ett hus man viskade i utan att mena det, för det kändes som om väggarna lyssnade. Ett hus som inte ville glänsa – bara omfamna.

Varje lägenhet hade sin egen karaktär, precis som de som bodde där. Naomi hade knappt hälsat på sina nya grannar, men hon visste att de var en blandning av konstnärssjälar, ensamstående föräldrar, IT-tekniker, musiker, ett äldre par, kreativa frilansare, en busschaufför och en modern småbarnsfamilj med många barn. Alla med sina egna berättelser, vävda samman i öppenhet och generositet.

En röst inom henne viskade att det var dags att ta det där steget, att kanske öppna upp för något nytt. Hon hade ju faktiskt bott i huset i en månad. Alla flyttkartonger var uppackade och alla vrår i lägenheten utforskade. Kanske var det dags att utforska mer än bara lägenheten, att lära känna människorna runt omkring henne och skapa nya minnen.

Hon sippade på sitt te och tittade ut genom fönstret mot den mörka himlen. Kanske, tänkte hon, skulle den här staden ändå kunna erbjuda något mer än bara ett tillfälligt uppehåll. Kanske fanns det någon här som kunde förstå, som kunde dela den börda av förväntningar och förvirring som hon bar på.

Innan hon flyttade hade hennes pappa sagt: "Naomi, låt staden bli din vän, du vet aldrig vad som väntar förrän du gett det en chans." Att leva med flödet istället för emot det var en viktig lärdom hon fått.

Hennes pappa hade fått förlita sig på att hon skulle klara vad som helst på egen hand när hon hade flyttat ut från sitt och Mikas gemensamma boende. Han hade hellre sett henne flytta hem igen och bo med honom då Naomis mamma inte längre fanns med i bilden och Naomi var hans enda barn. "Men alla flyttfåglar hittar till slut hem", tänkte han och litade på att hon skulle få det så bra det bara gick, även om han saknade henne innerligt. Men för Naomi var det svårt att slå ner rötterna efter ett sådant uppbrott av svek och hänsynslöshet som hon upplevt i uppbrottet med Mika.

De hade haft planer på att slå sig ner för gott, att skapa något gemensamt, en framtid som plötsligt slogs i spillror då något hade förändrat honom. Hans skuggor kom ikapp honom och han kunde inte längre stå för sitt ord om en framtid med henne; han hade sina egna demoner att ta tag i.

Naomi bestämde sig där och då, efter deras sista bråk som lämnade ett mörkt avtryck i hennes hjärta, att det var dags att lämna röran, att återvända hem till sig själv, till allt hon tidigare fått lägga åt sidan på grund av den hopplöst blinda kärleken till Mika.

De hade varit ett par i sex långa år, en lärdom och tid hon inte förnekade eller förminskade, år som trots svårigheter i acceptans, tillit och tolerans även varit vackra och fyllda av stundtals beröring, kärlek och hopp.

Mika var alltid i centrum när det ställdes till med fest; han hade humor, charm och ett skratt som ekade i rummet. Med sina 190 cm, intensivt gröna ögon, mörkblonda hår och välklädda figur var han självsäker nog att prata med vem som helst.

Hon, den lilla exotiska tjejen från söder, med sin solkyssta hud, exotiska utseende och långa mörka hår flätat i rastaflätor, hade fallit pladask för honom när de träffades hos en gemensam vän för sju år sedan. Han hade gett henne det varmaste av leenden när hon klumpigt hade spillt ut en drink i soffan hos vännen och mötte Mikas blick. De hade skrattat åt olyckan och han hade erbjudit sig att torka upp efter henne. Just där hade de blivit förälskade och ett par år senare flyttade de ihop.

Efter en tid hade livet tillsammans blivit mer och mer fyrkantigt och Mika, som var både smart och skicklig, hade tröttnat på arbetet som landskapsarkitekt som han inte hade haft så länge. Han hade börjat klaga på att människor inte längre ville ha anlagda vackra trädgårdar utan mest asfalt eftersom gräs, buskar och blommor var för krångligt att hålla efter i stan och kommunen hade börjat bygga bort fler och fler parker för att göra plats för fler hus i växtvärken.

Naomi arbetade kvällar på sin grupp av tavlor som hon hade hoppats kunna ställa ut en dag. Det var hennes mest personliga verk och något hon brann för, passionen för att återskapa känslor, upptäcka en värld bortom det man kunde se var stark inom henne.

Till vardags arbetade hon som marknadsföringskonsult online för att förbättra synlighet och trafik för småföretag med fokus på kvinnligt entreprenörskap och mångfald. Det var ett arbete som hon kunde driva lite som hon ville men fick ändå in inkomst så hon klarade sig. Konsten var hennes sätt att slappna av och gå in i sitt allra innersta rum för att bara vara ett med penseldragen.

Stressen hade börjat tära på Mika och festerna hade börjat avlösa varandra. Trots deras relativt unga ålder fäktades de med fler demoner än de någonsin kunde föreställa sig. Kärlek byttes mot plikt och ansvar var flyktigt och skylldes på annat.

De sågs mer sällan då Mika prioriterade vännerna för att hålla sig flytande. Naomi hade börjat dra sig alltmer till den lilla ateljén hon hyrt av kommunen då hon kände sig som mest fri just där, bland sin konst, alla färger, former och uttryck. Just där, där känslorna fick svämma över när det blev för mycket men där hon även upplevde en känsla av gränslös glädje och nyfikenhet bland tavlorna och sig själv.

Beslutet om att flytta isär tog de båda inte lättvindigt men det kändes ändå som det rätta för dem just då. Det var tungt att låta kärleken släppa taget och gå skilda vägar efter så lång tid tillsammans. Men glöden fanns inte där längre och Mika hade börjat glida mer och mer ner i gropen av ouppklarade skuggor som han inte klarade av att hantera.

Naomi kunde inte "laga" honom, hon ville inte bära all den frustration han bar på och som ofta välde över henne som ett stormigt hav. Han kunde inte hålla tillbaka och hon ville inte stå i vägen.

När hon såg annonsen om lägenheten kastade hon sig ut och lyckligtvis ringde hyresvärden tillbaka ganska fort och inom två veckor fick hon nycklarna, packade ihop sin ateljé och sitt bohag och sa adjö till Mika som gav henne en förvånad blick innan hon stängde dörren efter sig. Han hade aldrig ifrågasatt eller undrat varför, inte heller hade han hört av sig efteråt. En dörr som stängdes igen öppnade upp för nya möjligheter och nya äventyr, kanske kunde hon hitta inspirationen igen till att fortsätta med sin konst och skapa något stort, något som verkligen gjorde avtryck.

Det hade börjat skymma utanför fönstret och regnet hade sakta börjat avta i styrka. Trots det trista vädret var känslan ändå bra. Huset gav en trygghet ifrån sig och människorna i det var värda en chans. Naomi beslutade att imorgon skulle hon ta och lära känna sina grannar. Vesta, grannen nedanför hennes lägenhet som alla hade talat om med stor mystik, skulle bli den första hon skulle lära känna.

Kanske kunde Vesta uppmuntra henne att hitta tillbaka till sig själv, till den Naomi som en gång haft modet att drömma stort.

~ * ~

Pontus hade alltid haft en passion för musik. Sedan han var liten, när hans mamma först gav honom en gammal akustisk gitarr, hade han funnit en fristad i melodier och texter. Han hade lätt för toner och ackord och lärde sig tidigt att spela på gehör, till sin mammas stora glädje. Hon var hans största supporter och uppmuntrade honom alltid att utvecklas och bli bättre.

Musiken var hans värld, ett universum där han kunde uttrycka sina känslor och tankar, något som ofta kändes omöjligt i vardagen.

Trots sin kärlek till musiken hade han fått arbete på sin pappas teknikfirma. Det var en trygg och stabil miljö, men långt ifrån den kreativa tillflyktsort som han drömde om. Varje morgon klev han in på kontoret, omgiven av datorer och tekniska manualer, men hans hjärta längtade alltid efter mer. Tekniken hade sin charm och var något han var bra på, men den saknade själ och det uttryck som musiken gav honom. Det blev ofta långa dagar med många kundmöten, onlinepresentationer och programvaror som skulle utvecklas till diverse tekniska prylar.

De få stunder han fick för sig själv spenderade han i hemmastudion han byggt i sin lägenhet, fylld med instrument och inspelningsutrustning. Där kunde han släppa loss sina känslor och skapa musik som ingen annan hörde. Det var en plats där han kunde återknyta kontakten med sitt sanna jag, men det kändes som om tiden försvann alltför snabbt.

Han var i övre tjugoårsåldern och hade en kandidatexamen i systemvetenskap och en masterexamen i samma ämne. Han hade fått arbete på pappas firma direkt efter studenten, vilket hade passat honom väldigt bra just då.

Det sociala hade han aldrig riktigt tid med, trots att han utåt sett hade både charmen och vänligheten med sig för att lätt kunna ha ett gäng vänner att umgås med. Pontus var vad man kallar en person som är väldigt lätt att bemöta – tillmötesgående. En sådan där person som var lätt att bygga upp en relation med, prata med, en "broder" i gänget och någon som man alltid kunde lita på.

Men med åren hade Pontus börjat tappa bort sig själv. Den unge hobbymusikern som en gång drömde om att spela inför publik och skapa album hade blivit en skugga av sitt forna jag. Teknikfirman, som från början bara skulle vara en tillfällig lösning, hade blivit en fälla. Ekonomisk trygghet och familjeförväntningar höll honom fast, och hans drömmar började blekna.

Regnet hade varit ihållande hela veckan och eftersom det var fredag hade hans pappa gett honom lite extra ledigt eftersom det inte fanns så mycket att göra på företaget strax innan sommarsemestrarna drog i gång.

Pontus satt i sin hemmastudio vid sitt keyboard och spelade försiktigt några ackord, letande efter den rätta känslan för en ny låt. Men hans tankar var inte fullt fokuserade på musiken den morgonen.

Istället vandrade de ständigt tillbaka till Naomi, den nya grannen som nyligen flyttat in i lägenheten mittemot hans. Han hade aldrig pratat med henne, men han hade sett henne några gånger genom sitt fönster och ute i den lilla korridoren mellan dem. Hon hade ett lugn och en närvaro som fascinerade honom. Huden – djupt chokladbrun, mjuk och varm som gjord av sammet i solljuset. Ansiktet var harmoniskt: höga kindben, fylliga läppar, mörka ögon med en blick som kändes både vänlig och avvaktande.

Alla de cirka sjuttio tunna flätorna föll så naturligt över hennes axlar, några smyckade med små guldringar. Hennes klädsel var alltid enkel men genomtänkt: en lös ljus tröja, mörka jeans och färgglada sneakers, hon bar allt med sådan självklar stil. Det verkade inte som att hon var från trakten, men det kändes som att hon bott i huset längre än hon gjort.

Det var något med henne som fångade hans uppmärksamhet, något han inte riktigt kunde sätta fingret på, det var något med henne som kändes levande och äkta.

Han hade hört från hyresvärden att hon var konstnär och hade flyttat hit för att få inspiration från den nya miljön. Pontus kunde inte låta bli att undra vad hon skapade, vilka färger och former hon använde i sina verk. Han föreställde sig att hennes konst var lika uttrycksfull och levande som hon själv verkade vara.

Medan hans fingrar rörde sig över tangenterna tänkte han på hur deras världar kanske kunde mötas. Musik och konst hade alltid haft en speciell koppling, och han kunde inte låta bli att undra hur hennes konst skulle kunna inspirera hans musik. Tänk om de kunde samarbeta, skapa något vackert tillsammans? Tankarna fick honom att le för sig själv, det var egentligen helt galna tankar då de ännu inte kände varandra men tankarna fanns där.

Energin i huset hade förändrats sedan hon flyttade in, det var något spännande över det hela, något han ville utforska mer.

Plötsligt hörde han ett ljud från trapphuset. Det var dörren till Naomis lägenhet som öppnades och stängdes. Han slutade spela och lyssnade uppmärksamt. Stegen ekade igenom korridoren och stannade precis utanför hans dörr. Hjärtat började slå snabbare. Tänk om hon knackade på? Men det gjorde hon inte. Istället hörde han henne gå vidare nerför trapporna. Kanske var hon på väg ut för att få lite frisk luft eller för att köpa något i närbutiken.

Pontus satt kvar vid sitt keyboard och kände en blandning av lättnad och besvikelse. Han visste att han var fånig, men han kunde inte hjälpa att hans tankar just nu landat på henne. Han återgick till sitt spelande, men tankarna på Naomi fortsatte att distrahera honom. Tänk om han skulle ta mod till sig och hälsa på henne nästa gång han såg henne? Kanske kunde de prata lite, lära känna varandra. Han hade aldrig tagit sig tiden att skapa några riktigt hållbara relationer med någon utanför sitt jobb.

Det hade aldrig fallit på tal att hinna med sådant när han hade annat att tänka på och musiken som tog upp nästan all hans lediga tid. Men han längtade efter något, efter någon, han ville veta mer om henne, vad som inspirerade hennes konst och hur hon såg på världen.

Han bestämde sig för att skriva en låt inspirerad av sin nya grannes mystik. Han började spela några försiktiga ackord, lät musiken flöda genom honom. Melodierna kom naturligt, och snart hade han en grund till en låt. Med varje not kände han sig närmare den okända grannen som fångat hans intresse.

Musiken var ett bra sätt för honom att bearbeta sina känslor och uttrycka sina tankar. Kanske skulle han en dag våga spela låten för henne, kanske skulle hon tycka om den.

Medan han satt där och lät sig uppslukas av musiken märkte han inte hur tiden flög förbi. Det var något med Naomis närvaro, även om det bara var i hans tankar, som gav honom ny energi och inspiration. När han till sist la ifrån sig sin keyboard och stängde av inspelningsutrustningen, kände han en ny känsla av hopp. Världen utanför kanske var osäker och fylld av plikter, men i hans hemmastudio, i hans musik, fanns alltid möjligheten att skapa något nytt.

Killarna på systemvetarlinjen skulle se honom nu. De hade nog skrattat åt hans drömmar och visioner då de alltid sett honom som ganska – besynnerlig, fokuserad och lite av en tekniknörd. Men vem visste vad framtiden kunde föra med sig?

Kanske var det dags att kliva ut i det okända och utforska andra känslor och uttryckssätt för att bli mer av sitt autentiska jag. Pontus hade alltid undrat hur det hade känts att vara mer av sig själv och inte behöva sätta upp en fasad varje gång han var bland andra. Det var en kittlande tanke Naomi hade bidragit till bara genom att flytta in i huset. Pontus såg fram emot att se vad som kunde skapas framöver med hjälp av dessa tankar. Det var något främmande som smög sig på honom, något annorlunda, något som gjorde honom mer än nyfiken.

~ * ~

Bland pittoreska hus och slingrande gator en bit från stadens centrum bodde Angelo tillsammans med sin mamma och lillasyster Sofia. De hade bott där i flera år, men Mexiko, deras hemland, kändes aldrig långt bort.

Angelo var en ung man med en passion för kaffe. När han var liten följde han alltid med sin pappa ut på kaffeodlingarna för att plocka kaffebönor som sedan skulle exporteras till Europa. Han mindes dofterna, smakerna och känslan av att arbeta med både händerna och sinnena, varje dag i solskenet, tillsammans med människor som verkligen var passionerade över sitt yrke och hade sådan fingertoppskänsla när det kom till att välja de bästa bönorna.

Några år efter flytten till Sverige och två år på baristautbildningen, kombinerat med intensivstudier i svenska, arbetade Angelo nu som barista på stadens lilla kafé. Det var en plats där människor samlades för att njuta av kaffe, samtal och musik.

Kaféet var inte bara en arbetsplats, utan också en plats där Angelo kunde uttrycka sin kärlek för kaffekonst och bemöta människor med värme och leenden. Han hade blivit en mästare på att skumma mjölk och skapa Latte Art som förtrollade kunderna och skapade glädje varje gång de beställde en "Latte Angelo" av honom.

Men Angelos liv hade inte alltid varit så harmoniskt. Strax innan familjen flyttade till Sverige hade hans pappa lämnat dem. Det var en tid av kaos och sorg. Angelo, som då precis hade börjat närma sig vuxenlivet, fick plötsligt ta på sig rollen som familjens man och beskyddare. Han fick ta hand om Sofia, som då var liten, och stötta sin mamma, som kämpade med hjärtesorg och ekonomiska bekymmer.

Deras mamma, en stark och kärleksfull kvinna, hade alltid satt sina barns behov främst. Hon beslutade att flytta till Sverige för att ge dem en bättre framtid, trots att hon bar på en djup längtan efter sitt hemland.

Hon arbetade långa timmar som florist för att försörja familjen. Hon såg till att alla firanden i stan hade blomsterarrangemang från Miss Estela Ortiz, hennes eget varumärke som hon skapat för sig själv, medan Angelo tog hand om Sofia och gjorde sitt bästa för att hjälpa till med hushållet.

Mamma Estela hade en fantastisk talang för att arrangera blommor, samma talang som Angelo hade när det kom till kaffe. Hennes lilla butik var alltid fylld med färg och doft, vilket gav både henne och kunderna en känsla av glädje och frid. Estela hade byggt upp sin verksamhet från grunden och kunde ta sig an vilket projekt som helst när det kom till blommor. Trots det svåra språket och ett helt nytt land hade hon hittat sätt att kommunicera med alla sina kunder som högt uppskattade henne.

På dagarna arbetade Angelo även som vikarierande språklärare i spanska på Sofias skola. Det var ett jobb som gav honom både glädje och en känsla av ansvar. Hans elever älskade honom; han hade en förmåga att göra lektionerna levande och intressanta, fyllda med anekdoter från Mexiko och spännande ordlekar. De andra lärarna hade stor respekt för den unge mannen som tagit deras skola med storm och lyft det spanska språkvalet till en väldigt hög nivå och en enorm glädje för eleverna.

Hans mamma var stolt över honom, och Sofia såg alltid upp till honom med kärlek. Hennes klasskamrater beundrade henne men var också lite avundsjuka för att hon hade en sådan cool och spännande bror.

Sofia, med sina stora, bruna ögon och fylliga långa hår, var Angelos största supporter. Hon var hans ljus i mörkret under de svåraste tiderna. Hon drömde om att bli sångerska, och ibland sjöng hon på kaféet till publikens förtjusning. Hennes röst var klar och stark, och det fanns något magiskt i hur hon kunde förvandla ett enkelt rum till en scen trots sin unga ålder.

Nyligen hade deras mamma börjat längta alltmer efter Mexiko. Hon talade ofta om solen, maten och de färgstarka marknaderna i deras hemstad. För henne var Mexiko inte bara ett land, utan en del av hennes själ.

Hon hade fått ett erbjudande om arbete där och började planera för att flytta tillbaka. Detta skapade en stor oro i Angelos liv. När hans mamma flyttade skulle han stå utan boende. Han hade inte råd att behålla lägenheten själv på den lön han fick från arbetet på kaféet och språkundervisningen.

Dessutom var det svårt att tänka sig livet utan hans mammas stöd och närvaro. Angelo älskade sin mamma och ville inte hindra henne från att följa sitt hjärta, men tanken på att vara utan ett hem och att skiljas från Sofia kändes överväldigande.

En dag, efter en särskilt hektisk dag på kaféet, satt Angelo ensam kvar vid ett av borden. Han smuttade på en espresso medan han funderade på sin situation. Stadens ljus glimmade i fjärran och en mild bris rörde vid hans ansikte. Han visste att han behövde hitta en lösning, men osäkerheten låg tung över honom.

Sofia, som följt med honom till jobbet efter skolan, kom fram och satte sig bredvid honom. Hon såg på honom med sina genomträngande ögon och sa, "Vi kommer klara det här, Angelo. Du är så talangfull och stark. Vi hittar en väg."

Angelo log svagt och nickade. Han visste att Sofia hade rätt, men vägen framåt kändes fortfarande osäker. Det var inte billigt att hyra lägenhet och det skulle bli väldigt ensamt att bo själv.

Det var annorlunda i Mexiko, i staden där han växt upp, där familjer och vänner bodde tätt intill varandra, om inte i samma hus, för att skapa en känsla av gemenskap och trygghet.

Han hade sitt arbete på kaféet som största fokus, något han inte ville förlora, och han visste att hans syster och mamma stöttade honom i vilka beslut han än måste ta.

Kanske kunde han hitta fler elever att undervisa, eller kanske kunde han ta fler skift på kaféet. Eller kanske fanns det en annan lösning, något han ännu inte hade tänkt på.

Han reste sig från bordet, nickade till sina kollegor bakom disken medan han ställde ifrån sig sin kopp, tog Sofia med sig och började gå hemåt.

Livet var fyllt av utmaningar, men Angelo visste att han hade både viljan och förmågan att möta dem. Och oavsett vad som hände, skulle han klara vad som helst som kom i hans väg, det visste han.

~ * ~

Naomi vaknade långsamt, sträckte på sig och blinkade mot den tidiga morgonsolen som sipprade in genom gardinerna. Rummet var fyllt av en stilla tystnad som alltid fick henne att känna sig både lugn och lite ensam.

Hon slängde benen över sängkanten och satte fötterna mot det kalla trägolvet. Efter att ha dragit på sig en morgonrock och sköljt ansiktet med kallt vatten, stod hon en stund vid fönstret och såg ut över den tysta gatan nedanför.

Tankarna vandrade till grannen en trappa ner, Vesta. Hon var känd i huset som en mystisk och färgstark person som alla kände till och var fascinerade av. Det gick rykten om att Vesta bar på gammal kunskap och visdom från forna tider.

Under den korta tid Naomi hade bott i huset hade hon hört viskas historier om Vestas spirituella ritualer, rökelser som alltid brann och de två katterna som följde henne överallt.

Efter att ha klätt sig och satt upp det flätade håret i en stor knut drev nyfikenheten Naomi ut genom dörren och ner i trapphuset. När hon passerade Pontus dörr stannade hon till. Ljudet av keyboardmusik sipprade ut genom springorna, en melankolisk melodi som på något sätt gjorde morgonen mer levande. Hon funderade på att knacka på, men bestämde sig för att fortsätta. Det var Vesta hon skulle till idag.

Trapporna knarrade lätt under hennes fötter när hon nådde ner till våningen där Vesta bodde. Dörren var målad i en djupgrön färg och prydd med små spegelskärvor som glittrade i morgonljuset. Hon tog ett djupt andetag och knackade försiktigt.

Dörren öppnades nästan omedelbart, som om Vesta hade väntat på henne. Kvinnan som stod framför Naomi var precis så färgstark som grannarna hade beskrivit. Hennes hår var en flod av eldrött och lila, flätat och prytt med små fjädrar. Ögonen – klara och djupa, log varmt mot Naomi.

”God morgon, Naomi”, sade Vesta med en röst som var lika mjuk som en viskning. ”Jag har väntat på dig.” Förvånad över att Vesta visste hennes namn, följde Naomi henne in i lägenheten.

Rummet var en explosion av färger och dofter. Rökelser brann vid varje hörn och fyllde luften med en sötaktig, jordig arom. Kristaller glimmade på hyllor och fönsterbrädor, och växter i alla storlekar och former skapade en grön djungel runt omkring dem. Inte en enda möbel var den andra lik men skapade ändå ett perfekt samspel och känslan av "hemma" genom hela lägenheten.

De två katterna kom direkt fram och strök sig mot Naomis ben, deras gröna och gyllene ögon följde varje rörelse hon gjorde.

Vesta log, "Det är mina kompisar Vega och Moon", sa hon medan hon ledde henne till en bekväm sittplats omgiven av kuddar och filtar i ena hörnet av det stora vardagsrummet. Det fanns ingen soffa och Naomi försökte förvånat hitta en tv men där fanns ingen. "Det känns som att jag har väntat på detta ögonblick länge", sade Vesta medan hon satte sig mitt emot Naomi. "Det finns mycket att prata om, och jag tror att vi kan hjälpa varandra mer än vi anar."

Naomi kände en märklig ro sprida sig inom sig, som om hon redan var hemma. Lägenheten, med sina myriader av växter och spirituella föremål, kändes som en oas bortom tid och rum.

Vesta försvann in i köket. Hon kunde höra ljudet av vatten som kokade och det mjuka klirrandet av porslin. Vega och Moon hoppade upp i Naomis knä, spinnande som små motorer. Strax därefter kom Vesta tillbaka med två ångande koppar Chaga-te, en för sig själv och en för Naomi. Hon räckte över en av kopparna och satte sig mittemot Naomi, den varma drycken ångade i hennes händer.

"Chaga är mycket speciell", sade Vesta med ett hemlighetsfullt leende. "Den är full av energi och läkning. Perfekt för en morgon som denna."

Naomi tog en försiktig klunk. Smaken var jordig och rik, med en subtil sötma som spred sig över tungan. Det var både tröstande och uppiggande på samma gång. Hon kände sig märkligt lugn, som om teet började verka sina magiska krafter på henne.

"Jag har hört att du målar", sade Vesta plötsligt och lutade sig framåt. "Och att dina tavlor är fantastiska. Har du någonsin funderat på att ställa ut dem?"

Naomi ryckte till överraskat. "Jag... jag vet inte", svarade hon tvekande. "Jag har aldrig tänkt på det seriöst. Jag målar mest för min egen skull."

Vesta log igen, ett leende som verkade veta mer än Naomi själv. "Det lilla kaféet nere i stan har en vägg för lokala konstnärer. Det skulle vara en underbar plats för dina verk. Du borde prata med ägaren, hon är mycket tillmötesgående."

Naomi kände en blandning av nervositet och spänning sprida sig genom kroppen. Tanken på att visa sina målningar för världen var skrämmande men också lockande. Hon hade alltid drömt om att dela sin konst, men aldrig vågat ta steget.

Vesta märkte hennes tvekan och lutade sig bakåt, som om hon gav henne tid att bearbeta tanken. "Det finns något som kanske kan inspirera dig", sade hon sedan och pekade mot ett litet sidobord. På bordet låg en vacker, utsmyckad kortlek. "Ta ett orakelkort och se vad det ger dig."

Naomi sträckte sig försiktigt fram och tog upp kortleken. Korten kändes mjuka och välanvända under hennes fingrar. Hon blandade dem långsamt, tänkte kort över sin fråga om konstutställningen och drog sedan ett kort.

Naomi såg ner på orakelkortet hon höll i handen och kände hur Vestas ord ekade inom henne. Hennes blick drogs tillbaka till Vesta, som nu satt tyst med ett milt, mystiskt leende på läpparna.

Vesta lutade sig fram och betraktade kortet med en intensiv blick. Det föreställde en majestätisk fjäril som flög över en blomsteräng. "Förvandling", läste hon högt. "Detta kort betyder att du är på väg in i en ny fas av ditt liv, en tid av tillväxt och förändring. Din konst är redo att ses av världen. Det är dags för dig att sprida dina vingar."

Naomi kände hur orden sjönk in i henne, gav henne mod och en känsla av syfte. Kanske var det precis vad hon behövde höra. Kanske var det dags att sluta gömma sig och börja visa världen vem hon var.

"Vesta", började Naomi försiktigt", hur kommer det sig att du vet så mycket om mig? Vi har aldrig pratat förut, och ändå känns det som om du känner mig bättre än jag känner mig själv."

Vesta lutade sig tillbaka och tog en klunk av sitt Chaga-te, hennes ögon glittrande som om de bar på hemligheter från bortom denna värld. "Det är en gåva jag har haft sedan jag var liten", förklarade hon lugnt. "Jag har alltid kunnat känna av människors energier och ibland till och med se glimtar av deras liv och deras potential."

Naomi var fascinerad Och kunde inte dölja sin nyfikenhet. "Du menar att du kan se in i framtiden?" Vesta skrattade, ett mjukt och klingande ljud som fyllde rummet med värme. "Inte precis framtiden. Det jag ser är mer som möjligheter, vägar som folk kan välja att gå. Jag ser deras styrkor, deras rädslor, och ibland deras drömmar, även de som de själva har glömt."

Naomi tog in detta med en blandning av skepsis och beundran. Hon hade alltid varit lite skeptisk till det övernaturliga, men något med Vesta kändes annorlunda, genuint och påtagligt.

"Så, du såg något hos mig? Något som säger att jag borde ställa ut mina målningar?" frågade hon försiktigt.

Vesta gav ett långsamt nickande. "Ja, jag såg en gnista inom dig, en kreativ kraft som längtar efter att bli sedd och uppskattad. Jag visste att du behövde en liten knuff i rätt riktning, så jag bad universum att leda dig till mig idag. Och här är du."

Naomi kände en våg av tacksamhet och insikt. Det var som om bitar av ett pussel plötsligt föll på plats. "Det känns som om jag har hållit mig tillbaka så länge", erkände hon. "Som om jag har varit rädd för att visa vem jag verkligen är."

Vesta sträckte ut en hand och la den mjukt på Naomis.

"Rädslan är en del av resan, men det är också modet att övervinna den. Du har redan tagit det första steget genom att komma hit. Nu är det dags att ta nästa."

Naomi kände en värme sprida sig från Vestas hand. Det var som om en del av hennes styrka och visdom överfördes till henne. Hon log och för första gången på länge kände hon en stark känsla av hopp och beslutsamhet. "Jag ska göra det", sade hon till slut, hennes röst fylld av nyfunnen säkerhet. "Jag ska prata med ägaren av kaféet och se om jag kan ställa ut mina målningar där."

Vesta nickade uppmuntrande. "Bra. Kom ihåg, Naomi, världen är redo att se dina färger. Låt dem lysa."

Naomi reste sig upp från sitthörnan. Vega och Moon hade nästan somnat i hennes knä och hasade långsamt och yrvaket ner bland kuddarna.

Vesta följde Naomi ut i hallen och välkomnade henne tillbaka då pratstunden var väldigt trevlig och båda kvinnorna hade uppskattat det som öppnats upp mellan dem väldigt mycket. Det blev ett fint avbrott i den annars så hektiska vardagen. De båda omfamnade varandra innan de sa adjö och på återseende.

Naomi stängde dörren bakom sig och började gå uppför trapporna, fortfarande med Vestas ord ekande i sitt sinne.

Tankarna vandrade till alla de gånger hon hade övervägt att ställa ut sina målningar, men alltid dragit sig tillbaka i sista stund. Varför hade hon misslyckats att ta steget tidigare?

På väg tillbaka till sin lägenhet började Naomi reflektera över de hinder som hade stått i hennes väg. Det var inte så att hon saknade talang, många av hennes vänner och familjemedlemmar hade alltid beundrat hennes verk och uppmuntrat henne att visa dem för en bredare publik.

Problemet låg djupare, rotat i hennes inre osäkerheter och tvivel.

För det första var det rädslan för avvisning. Naomi hade alltid varit en känslig själ, och tanken på att ställa ut sina mest personliga och känslomässiga skapelser för allmän beskådan fyllde henne med ångest. Vad skulle hända om ingen gillade hennes konst? Om kritikerna var hårda och hennes arbete avfärdades som oviktigt eller banalt? Denna rädsla för avvisning hade länge hållit henne tillbaka.

För det andra var det en brist på självtillit. Naomi hade svårt att tro på sitt egen värde som konstnär. Trots all positiv feedback hon fått genom åren, kändes det alltid som om hon bara lyckades av en slump. Hon tvivlade på att hon kunde upprätthålla en hög standard och fruktade att hon inte skulle klara av pressen som kom med att vara en offentlig konstnär.

Och sedan var det den ständiga jämförelsen med andra. Naomi följde många konstnärer på sociala medier, och deras framgångar och perfekta verk fick henne ofta att känna sig otillräcklig. Hur skulle hennes tavlor, skapade i en liten lägenhet och med begränsade resurser nu när hon sagt upp sin ateljé, någonsin kunna mäta sig med dessa professionella konstnärers arbete?

När hon öppnade dörren till sin lägenhet, insåg hon att dessa hinder var självskapade. Ingen annan hade satt dessa begränsningar på henne, de var produkter av hennes eget sinne.

Vesta hade sett igenom dessa murar och visat henne en väg framåt, en väg där hon kunde konfrontera sina rädslor och börja tro på sig själv.

Naomi gick fram till sitt arbetsbord och såg på de halvfärdiga målningarna som låg där. Hon strök med fingrarna över duken och kände en våg av inspiration. Hon visste att det inte skulle vara lätt, men för första gången på länge kände hon sig redo att ta itu med sina rädslor.

Vestas ord om förvandling ekade inom henne, och hon kände att det var dags att släppa taget om sina tvivel och omfamna sitt sanna jag.

Med ett djupt andetag satte Naomi sig vid sitt bord och tog upp penseln. Hon började måla med en nyfunnen energi, beslutsam att visa vad hon kunde åstadkomma.

Penseln dansade på duken med nyfikenhet och passion, och hon kände en inre frid sprida sig inom henne. Kanske skulle det gå att ställa ut i den nya staden, och kanske skulle människor tycka om det hon ville förmedla.

Hon ville inget annat än att återfinna sitt sanna jag och den person som egentligen kände att allt var möjligt. Vesta hade öppnat en dörr som nu stod på glänt, och Naomi ville stiga igenom och utforska det som fanns på andra sidan. Tänk om hon en vacker dag kunde livnära sig som konstnär; det hade varit så befriande och kanske var det möjligt.

~ * ~

Naomi hade svårt att balansera de stora målardukarna i armarna när hon stängde dörren bakom sig. Hon var nervös men beslutsam att ta detta steg. När hon gick nerför trapporna, stannade hon till vid andra våningen. Där stötte hon plötsligt på sin granne, Pontus, som precis var på väg ut.

"Åh, hej", sade Naomi och log lite ansträngt när hon försökte balansera sina tavlor.

"Hej", svarade Pontus lite nervöst, hans ögon glittrande av nyfikenhet när han såg målningarna. "Ska du sälja dem?" Naomi gjorde ett försök att komma mellan honom och trappräcket.

"Nej... eller en dag hoppas jag kunna sälja dem. Jag ska visa upp dem. Jag är på väg till kaféet för att prata med ägaren om att ställa ut några av mina tavlor där."

Pontus log brett och steg åt sidan för att ge henne plats. "Det låter kul! Lycka till!"

Naomi tackade och fortsatte sin väg ut ur byggnaden, hennes hjärta bultande av både nervositet och spänning. Gatorna var soliga och livliga med människor som gick till jobbet eller njöt av en morgonpromenad.

Hon kunde känna doften av nybakat bröd och bullar från bageriet runt hörnet och hörde ljudet av fåglar som kvittrade i träden ovanför.

När hon närmade sig kaféet, tog hon en stund för att betrakta de små detaljerna runt omkring henne. De färgglada blommorna i blomsterlådor som hängde från fönstren, de pittoreska skyltarna ovanför butikerna, och de små kullerstenarna under hennes fötter. Det var en idyllisk del av staden som gav henne en känsla av ro och inspiration.

Kaféet var litet men inbjudande, med en charmig uteservering fylld av färgglada stolar och bord. Hon öppnade dörren och kände direkt doften av nybryggt kaffe och nybakade kakor. Inredningen var varm och hemtrevlig, med träbord och stolar, mjuka kuddar och konstverk av lokala konstnärer som prydde väggarna.

En kvinna i fyrtioårsåldern med axellångt brunt hår och ett vänligt leende stod bakom disken. Naomi gick fram, lite osäker på hur hon skulle börja samtalet.

"Hej", sade Naomi försiktigt. "Jag heter Naomi, och jag undrar om jag kunde få prata med den som är ansvarig här?"

Kvinnan bakom disken torkade händerna på en handduk och kom fram till henne. "Hej Naomi, jag är Hanna. Jag driver det här kaféet. Vad kan jag hjälpa dig med?"

Naomi tog ett djupt andetag. "Jag är konstnär och jag skulle vilja fråga om det finns en möjlighet för mig att ställa ut några av mina tavlor här", sa Naomi nervöst och höll andan.

Hannas ögon glittrade av intresse. "Åh, vad spännande! Vi älskar att stötta lokala konstnärer här. Kan jag få se dem?"

Naomi ställde försiktigt upp sina målningar på ett av borden. Hanna kom fram och började betrakta varje verk noggrant, hennes leende växande för varje tavla hon såg.

"De är fantastiska, Naomi! Du har verkligen en unik stil. Jag är säker på att våra kunder kommer att älska dem."

Naomi kände en våg av lättnad och glädje skölja över sig. "Tack, Hanna. Vad glad jag blir över dina ord."

Hanna nickade uppmuntrande. "Vi har en ledig vägg precis vid ingången som skulle vara perfekt för dina tavlor. Vi kan hänga upp dem redan idag om du vill."

Naomi log brett, känslan av nervositet försvann och ersattes av ren eufori. "Det låter fantastiskt. Jag skulle vara så tacksam."

Hanna klappade henne på axeln. "Det är vi som ska tacka dig. Din konst kommer att göra vårt kafé ännu mer levande och inspirerande."

När Naomi hjälpte till att hänga upp sina målningar, kände hon en djup tillfredsställelse. Det här var början på något nytt och spännande. Med Vestas stöd och Hannas uppmuntran, kände hon att hon äntligen var på rätt väg. Hon hade övervunnit sina rädslor och var redo att låta världen se hennes färger.

När alla tavlor var på plats, stod Naomi och Hanna tillsammans och betraktade väggen. Kaféet hade förvandlats till ett galleri, och varje tavla berättade sin egen historia. Kunderna började redan visa intresse, och Naomi kunde höra deras uppskattande kommentarer.

Hanna vände sig till Naomi med ett brett leende. "Det här kommer att bli en stor succé, Naomi. Jag är så glad att du kom hit idag."

Naomi kände tårar av glädje och lättnad bränna bakom ögonen. "Tack, Hanna. Det ska bli så spännande att höra hur mina tavlor tas emot."

Hennes hjärta fylldes av en djup glädje. Hon var så uppslukad av ögonblicket att hon knappt märkte när en man i övre tjugoårsåldern, klädd i en prydlig vit skjorta och ett förkläde, började göra en latte bakom disken.

"Vill du ha något att dricka?" frågade Hanna och bröt Naomis tankar.

Naomi log. "Ja, en kaffe skulle vara fint."

Hanna vinkade till mannen bakom disken. "Angelo, kan du göra din berömda Latte Angelo till Naomi? Det är hennes konst vi precis har hängt upp."

Angelo vände sig om och log varmt mot Naomi. "Självklart. Nöjet är på min sida."

Naomi satte sig vid ett av de små borden och följde Angelo med blicken medan han började arbeta. Hans rörelser var smidiga och skickliga, som om han var en konstnär i sitt rätta element. Det mörka håret föll som en mjuk skugga över hans panna.

Angelo var koncentrerad på att göra kaffe, och hans metodiska och noggranna rörelser visade hans precision. Han mätte upp kaffebönorna och fyllde kaffemaskinen med vatten. När han satte i gång bryggningen, spred sig en rik och aromatisk doft i rummet. Naomi kunde inte låta bli att le när hon såg honom arbeta så engagerat.

Efter några minuter kom han över med en latte och ställde den försiktigt framför henne. I mjölkskummet fanns en vacker fjäril, skapad med en sådan precision att det nästan var svårt att tro att det var gjort av mjölk och kaffe.

Naomi stirrade på fjärilen och kunde inte låta bli att le. "Det är fantastiskt, jag har aldrig sett något liknande." Hon mindes fjärilen på orakelkortet hon dragit hos Vesta; kanske var det ett tecken, kanske en början på något bra.

Angelo skrattade och satte sig på en stol mittemot henne. "Tack. Jag försöker alltid göra något speciellt för våra kunder. Jag tycker om att tänka att varje latte kan vara ett litet konstverk."

Naomi tog en försiktig klunk av sin latte och njöt av den rika, krämiga smaken. "Det är inte bara vackert, det smakar också fantastiskt."

"Jag är glad att du gillar det", sade Angelo. "Jaså, så du är konstnären bakom de nya tavlorna?"

Naomi nickade. "Ja, det är jag. Det är första gången jag ställer ut mina verk offentligt."

Angelo betraktade tavlorna som hängde på väggen och nickade uppskattande. "De är verkligen imponerande."

"Jag kan se mycket känsla och djup i ditt arbete. Hur länge har du målat?" frågade han med beundran i rösten.

Naomi kände sig varm av berömmet. "Tack. Jag har målat ända sedan jag lärde mig att hålla i en pensel."

De fortsatte samtala om konst och kreativitet, och Naomi upptäckte att Angelo var mycket mer än bara en skicklig barista. Han hade en djup passion för konst och musik, och de utbytte historier om sina olika kreativa projekt. Naomi kände en oväntad samhörighet med Angelo, som om de delade en gemensam förståelse för den konstnärliga processen och de utmaningar som kom med den.

Hanna kom fram till deras bord och log. "Jag ser att ni två har funnit varandra. Jag hoppas att du Naomi kommer tillbaka ofta. Vi är verkligen glada att ha din konst här."

Naomi log mot Hanna och sedan mot Angelo. "Jag tror att jag kommer att göra det. Det känns som om jag har hittat en plats här som jag gärna återvänder till."

Hanna klappade henne på axeln. "Vad roligt att höra. Och Angelo, tack för att du gjorde Naomis dag lite speciell."

Angelo log. "Det var så lite så.

~ * ~

Naomi och Angelo fortsatte sitt samtal, djupdykande i diskussioner om kreativitet och konst. Deras samtal flödade naturligt, och Naomi kände sig mer avslappnad än hon gjort på länge. Plötsligt öppnades dörren till kaféet och Pontus klev in, lite överraskad över att se Naomi där just då, fastän han visste att hon skulle dit.

"Hej, vad kul att se dig här!" sade Pontus med ett nervöst leende när han såg Naomi vid ett av borden.

"Hej!" svarade Naomi glatt och vinkade. "Vill du slå dig ner?" Naomi betraktade hans smala och långa kroppsbyggnad, det rufsiga ljusa håret som gav honom en bohemisk look tillsammans med de lediga färgkoordinerade kläderna.

Pontus skakade på huvudet och log. "Nej, jag är bara här för att köpa en kaffe att ta med. Jag har bråttom."

Angelo gick tillbaka till disken för att fixa Pontus kaffe medan Naomi ställde sig närmare Pontus. Hon märkte att Pontus såg nyfiket på hennes samtalspartner.

"Det här är Angelo", sade Naomi och introducerade honom när han återvände med Pontus kaffe. "Angelo, det här är..." började Naomi, men Pontus avbröt henne innan hon hann säga något.

"Pontus", sade han och sträckte fram handen. "Trevligt att träffas."

"Trevligt att träffas", svarade Angelo och räckte över kaffet till Pontus.

"Detsamma", svarade Pontus och tog emot koppen. "Och tack för kaffet."

Pontus betalade och var på väg att gå när Naomi snabbt lade märke till att han fortfarande såg nyfiken ut. "Pontus, om du har tid, kan vi kanske ha följe hem? Jag är ändå på väg tillbaka snart." Pontus såg lätt överraskad ut men nickade. "Visst, det går väl bra."

Naomi vände sig mot Angelo och Hanna. "Tack så mycket för kaffet och för möjligheten att ställa ut mina tavlor här. Jag kommer definitivt tillbaka snart."

Angelo log. "Vi ser fram emot att se dig igen, Naomi. Ha en bra dag!"

Naomi och Pontus lämnade kaféet tillsammans, och Naomi kände sig mer nöjd än hon gjort på länge. När de gick längs gatorna var båda tysta till en början. Naomi log för sig själv och tänkte på hur bra det hade gått på kaféet, medan Pontus gick nervöst bredvid henne och tittade ner i marken. "Så du är en av konstnärerna i huset", sa han plötsligt. "Dina tavlor är verkligen imponerande. Hur länge har du målat?"

Naomi log blygt. "Så länge jag kan minnas, men jag har aldrig riktigt haft modet att ställa ut mina verk förut. Det här är första gången."

"Det är verkligen modigt av dig", sade Pontus. "Du är grymt talangfull."

Naomi kände sig stärkt av Pontus ord. "Tack, Pontus. Jag tror att jag äntligen börjar hitta tillbaka till mitt driv igen. Det har stått still länge nu."

De fortsatte gatan fram, stundvis tysta och stundvis sneglandes på varandra, och Naomi insåg hur mycket hon hade saknat att känna just den energin igen, energin som lyfte upp henne. När de slutligen nådde deras lägenhetshus, kände hon en ny känsla av gemenskap och stöd.

"Jag är glad att vi hade sällskap tillbaka", sade Naomi när de stod utanför byggnaden. "Det här var precis vad jag behövde."

Pontus log och nickade. "Detsamma. Det var riktigt trevligt. Och du, om du någonsin behöver någon att prata med eller om du bara vill ha sällskap, tveka inte att knacka på min dörr", avslutade han och blev nästan förvånad över sitt eget mod att våga bjuda över henne.

Naomi kände en värme i hjärtat. "Tack, Pontus. Det ska jag komma ihåg. Du kanske kan berätta mer om musiken du skapar", sa hon med ett leende. "Jag har hört dig spela där inne, det låter jättebra."

Pontus log generat tillbaka på henne och kände att nervositet höll i sig när de började gå upp för trapporna i byggnaden.

Innan de hann skiljas åt ropade en bekant röst nerifrån trapphuset.

"Naomi! Hur gick det på kaféet?" Vesta stod vid foten av trappan och såg upp mot dem med sitt mystiska leende.

Naomi log brett och ropade tillbaka. "Det gick fantastiskt! De älskade mina tavlor och jag fick ställa ut dem."

"Åh, vad underbart att höra!" svarade Vesta med en glimt i ögonen som om hon redan visste det. "Kom ner och berätta allt för mig."

Naomi vände sig mot Pontus. "Vill du följa med? Pontus skakade på huvudet med ett leende. "Tack, men jag har några saker att fixa. Vi ses senare."

Naomi nickade och började gå nerför trapporna mot Vesta, medan Pontus fortsatte uppåt.

När Naomi kom ner, lade Vesta armen om hennes axlar och ledde henne in i sin lägenhet. En ny rökelsedoft spred sig behagligt i rummet och fick henne att känna sig hemma, och de två katterna, Vega och Moon, följde dem tätt i hälarna.

"Kom in, kom in", sade Vesta och stängde dörren bakom dem.
"Jag har precis förberett lunch, en vild sallad med blad och
växter från trakten. Och jag har bakat ett bröd som jag tror du
kommer att älska. Du måste smaka."

Naomi satte sig vid det lilla köksbordet som var dekorerat
med kristaller och färska blommor. Vesta gick runt i sitt kök och
fyllde en stor skål med den färgglada salladen och lade till några
färska örter på toppen. Hon hämtade sedan ett nybakat bröd
från ugnen, dess doft, fyllde rummet med en varm, hemtrevlig
känsla. Brödet var gyllenbrunt och såg alldeles perfekt ut.

"Det ser helt fantastiskt ut", sade Naomi och tog en tugga av
salladen tillsammans med en bit av det nybakade brödet.
Smakerna exploderade i hennes mun; det var en magisk
blandning av färska, krispiga blad och örter.

Vesta log och satte sig mitt emot Naomi. "Så, berätta allt om
kaféet. Hur var det att ställa ut dina tavlor?"

Naomi berättade entusiastiskt om sitt möte med Hanna och
hur positivt allt hade gått. "Och Angelo", lade hon till. "Han är
en av baristorna där. Han gjorde en fantastisk latte med en fjäril
i mjölkskummet. Vi hade ett riktigt trevligt samtal."

Vesta nickade, som om hon redan visste detta. "Angelo, ja.
Jag har hört mycket gott om honom. Han har en speciell energi.
Jag har en känsla av att du kommer att se mer av honom
framöver."

Naomi höjde ögonbrynen. "Tror du det? Jag menar, vi hade en bra konversation, men..."

Vesta log hemlighetsfullt. "Ibland är det inte bara ord som binder människor samman, utan energier. Och jag tror att era energier harmoniserar bra. Var öppen för det som kommer."

De fortsatte att prata medan de åt, och Naomi kände sig mer och mer avslappnad. Vesta hade en lugnande inverkan på henne, och hennes visdom och insikter gav Naomi nytt perspektiv.

När de hade avslutat lunchen, kände Naomi en djup tacksamhet. "Tack, Vesta. Din lunch var underbar, och ditt stöd betyder så mycket för mig."

Vesta reste sig och kramade om Naomi. "Du är alltid välkommen här, Naomi. Glöm inte att följa ditt hjärta och din intuition. De kommer aldrig att leda dig fel."

Naomi lämnade Vestas lägenhet med ett leende på läpparna och en nyfunnen styrka. Hon visste att hon hade fantastiska människor runt sig som trodde på henne, och det gav henne all den motivation hon behövde för att fortsätta framåt.

Tanken på att hon varit rädd att möta allt hon nu hade framför sig var som bortblåst. Människorna i staden och i huset kändes mer och mer som en stor familj och de hade omfamnat henne.

Hon fortsatte upp för trapporna och stannade till vid Pontus dörr. Från lägenheten hördes toner från en keyboard, melodin var vacker och där fanns inslag av fiolstråkar och bas. Hon log för sig själv medan hon låste upp till sin lägenhet och stängde dörren.

Naomi sparkade av sig skorna i hallen och lät jackan glida av axlarna, hängde den slarvigt över en stol. Musikens klara toner svävade fortfarande i luften, som om de letade sig genom väggarna och lade sig till rätta i hennes lägenhet. Melodin var vacker och bar på något gammalt, med inslag av något helt eget – stråkarna, basgången som låg djupt därunder, nästan omärkligt.

Hon lutade huvudet en aning. Imponerad över det han skapade, nyfiken på att få höra något mer.

~ * ~

Naomi kände sig förväntansfull när hon återvände till kaféet för att se hur hennes konstverk mottagits. Solen sken svagt genom de molniga skyarna, vilket gav gatorna en mjuk, dämpad belysning. Träden längs trottoaren svajade lätt i vinden, deras lövverk hade slagit ut i sin fulla prakt och det doftade friskt runt omkring.

När Naomi steg in genom dörren till kaféet, omfamnades hon återigen av den varma doften av nybryggt kaffe och nybakade kakor. Hennes tavlor hängde stolt på väggen, och hon kände en bubblande stolthet när hon såg dem.

Angelo stod bakom disken och pratade med en kund. När han fick syn på Naomi, log han stort och vinkade. Hans svarta hår var noggrant bakåtkammat, och hans vita förkläde var prickfritt.

"Hej Naomi, vad kul att se dig igen!" ropade Angelo.

Naomi gick fram till disken och log tillbaka. "Hej Angelo. Jag tänkte bara titta till mina tavlor och se hur det går."

Angelo serverade kunden med ett leende innan han vände sig mot henne igen. "Dina tavlor har fått mycket uppmärksamhet. Folk pratar om dem hela tiden. Hur går det för dig annars?"

Naomi log och kände sig upprymd. "Det är fantastiskt att höra. Jag har fått en ny energi till att måla mer. Jag känner att jag skulle kunna vara rätt produktiv ett tag framöver."

Angelo nickade. "Det låter bra. Jag har själv haft en del att tänka på."

Naomi såg nyfiken ut. "Vad menar du?"

Innan Angelo hann svara, kom en ung tjej i tonåren fram till dem. Hon hade långt, mörkt, böljande hår och en sandfärgad, varm hy. Hon bar en färgglad klänning som stod i skarp kontrast till kaféets inredning.

"Hej, jag är Sofia", sade hon med ett brett leende. "Jag har sett dina tavlor här. De är helt fantastiska."

Naomi rodnade lite. "Tack så mycket, Sofia. Vad snällt av dig."

Angelo lade en hand på Sofias axel. "Det här är min lillasyster. Hon har varit nyfiken på att träffa dig sedan hon såg dina tavlor."

"Jag är inte så liten längre, Angelo", sa hon och knuffade honom i sidan.

Angelo skrattade tyst och tittade skojfriskt tillbaka på sin syster.

Sofia betraktade Naomis flätor och log beundrande. "Dina flätor är så fina. Var kommer du ifrån?"

Naomi log och kände en våg av stolthet skölja över sig.

"Jag är född i Sverige, men min pappa kommer ursprungligen från Kenya."

"Mina föräldrar träffades på en konstutställning via ett utbytesprogram på universitetet där pappa studerade och mamma deltog några år innan jag föddes. När mamma blev gravid med mig, flyttade pappa med henne till Sverige."

Sofia såg fascinerad ut. "Det låter som en intressant historia. Jag skulle gärna höra mer om det någon gång."

Angelo bröt in. "Naomi, jag måste erkänna något, det är så himla pinsamt att jag ens berättar detta. Jag har letat efter ett nytt boende ett tag nu. Det har varit svårt att hitta något som passar. Mamma och Sofia ska flytta tillbaka till Mexiko och jag kan inte ha kvar lägenheten alldeles själv. Vet du något rum eller mindre lägenhet jag skulle kunna hyra?"

Naomi funderade en stund och sedan tog hon ett djupt andetag. "Du vet, Angelo, jag har en extra plats i min lägenhet. Om du vill, kan du dela den med mig."

Sofias ögon tindrade och hon klappade Angelo på axeln. "Det är en fantastisk idé! Du borde säga ja, Angelo. Naomi verkar vara en fantastisk rumskamrat. Snälla, Angelo, säg ja. Då behöver inte mamma oroa sig så mycket."

Sofias entusiasm var stor och hon knuffade på Angelo, uppspelt av förslaget. Naomi skrattade till och såg på honom med en menande och ärlig blick.

Angelo såg överraskad ut men också tacksam. "Tack, Naomi. Jag ska verkligen tänka på det, men det låter som en riktigt bra lösning."

Naomi log. "Inga problem, tänk på det och låt mig veta. Se det som ett tack för hjälpen med tavlorna och för det goda kaffet. Jag skulle vara glad att hjälpa."

Efter en stunds mer småprat och utbyte av kontaktuppgifter, lämnade Naomi kaféet. Ute på gatan hade vinden tilltagit något, och hon drog sin jacka tätare omkring sig när hon gick hemåt.

I trapphuset på väg upp för trapporna hörde hon någon nästan halvspringa med andan i halsen.

"Naomi!" sa en röst glatt när fotstegen snabbt kom i kapp henne. Det var Pontus som hade slutat tidigare på jobbet. Han såg lite trött men glad ut. Hans hår var lika rufsigt som alltid, och han bar en mörkblå skjorta och jeans. "Hej Naomi! Hur har din dag varit?" frågade han andfådd när de gemensamt gick upp den sista biten för trappan.

Naomi saktade ner stegen uppför trapporna, log och berättade kortfattat om sitt besök på kaféet. "Det har varit en bra dag. Hur var din?"

Pontus drog ett djupt andetag. "Det var hektiskt, men det är alltid skönt att komma hem. Du vet, jag har tänkt på att vi borde umgås mer. Vill du komma över på en kopp kaffe, öl, eller en drink någon gång?" Pontus satte nyckeln i låset till sin lägenhet och log brett, stolt och lite chockad över att han faktiskt frågat henne igen.

Naomi log hemlighetsfullt och svarade. "Det låter trevligt, men kanske en annan gång. Snart kanske du får kaffe serverat till dörren."

Pontus såg undrande och lite förvånad ut. "Vad menar du med det?"

Naomi blinkade och fortsatte leende till sin dörr. "Du kommer säkert bli glatt överraskad, du får se. Ha en fortsatt bra dag!"

Pontus stod kvar och tittade efter henne, förvirrad men också nyfiken, innan han gick in i sin lägenhet. Han stannade innanför dörren till sin lägenhet och sparkade av sig skorna.

Det var så mycket som fascinerade honom när det gällde Naomi. Hennes konst var explosiv och berörde verkligen på djupet. Precis som musik var den unik för sig själv och bar fram känslor av det som låg dolda. De hade äntligen fått kontakt och hon visste att hans dörr alltid var öppen. Han hoppades att deras vänskap skulle växa och tanken på ett samarbete fanns där i hans huvud, något som både kändes spännande och omtumlande.

~ * ~

Angelo stod mitt i sitt lilla rum, omgiven av kartonger och väskor som var fyllda till brädden med minnen och vardagliga föremål. Det var som att packa ner en bit av sitt liv, ett kapitel som snart skulle avslutas för att ett nytt skulle börja.

Han hade ringt Naomi nästan direkt och bestämt att han skulle ge hennes förslag om att flytta in ett försök. Det var ju inte ofta människor öppnade sina hem för någon de precis mött på ett kafé, vad han visste sedan länge så var Naomis gest inte riktigt svensk kutym. Men Naomi kom från ett land där gästvänlighet hörde till kulturen och precis som i Mexiko umgicks folk från olika generationer naturligt, det var en del utav människorna och deras sätt att leva, något som var lite svårare i det nya landet.

Angelo böjde sig ner och började noga placera sina kläder i en stor resväska. Varje plagg, varje objekt hade en historia att berätta. Han tog upp en inramad bild av sig själv och Sofia, tagen på en sommardag vid stranden när de var små. På bilden sken solen, och deras leenden lös verkligen upp den dagen. Han mindes hur bra livet hade varit i Mexiko och där solen alltid värmde dem. Även om det hade varit stundvis hårt att leva så fanns det alltid något att göra och glädjas över.

När hans mamma, Estela, kom in i rummet, kände han en blandning av nostalgi och förväntan. Hon var en liten kvinna med kolsvart hår som skimrade av små silvergrå slingor och värmande, omtänksamma ögon som alltid såg igenom honom. "Angelo, behöver du hjälp med något?" frågade hon mjukt och såg sig omkring, med en mild oro i blicken.

Angelo reste sig upp och gav henne en kram. "Nej, mamma, det går bra. Jag klarar detta. Jag ska ju flytta in hos Naomi, jag får tänka på att inte ta med för mycket så att vi får plats." Skrattade han till.

Estela log brett och kramade honom tillbaka, hennes ögon glittrade av stolthet. "Jag är så stolt över dig, Angelo. Det låter som en underbar möjlighet. Naomi verkar vara en riktigt fin person."

Angelo nickade medan han fortsatte att packa. "Hon är fantastisk, som öppnar sitt hem för en total främling, och det kommer att vara skönt att ha någon att bo med. Det hade varit ensamt här utan er."

Estela satte sig på sängen bredvid honom och tog hans hand. "Jag vet, min son. Jag har oroat mig för dig. Att du skulle hitta ett bra boende har varit på mina tankar länge. Nu vet jag att du kommer att vara i gott sällskap med Naomi och kanske hittar du fler vänner att umgås med." Hon borstade bort en slinga hår ur hans ansikte. Trots att han nu var vuxen var han alltid hennes lille pojk.

De hade alltid varit tighta som mor och son och haft ett starkt band mellan varandra. Hon kunde ibland bli varm av stolthet över vilken vördnad han kände för henne, då detta inte var så vanligt förekommande i det nya landet. Men hon ville inte heller att han skulle oroa sig så mycket för henne. Han tittade alltid in till butiken på väg hem från kaféet för att se om hon hade det bra och hade haft många kunder under dagen. Detta var bara sådan Angelo var. Kanske var det tyngden från att pappan lämnat dem som fick honom att vara extra beskyddande över både sin mamma och Sofia.

Under tiden kom Sofia in i rummet, med ett leende på läpparna och en bunt gamla vykort i handen. "Hej, jag hittade dessa i mammas gamla låda. Kommer du ihåg den gången vi var på stranden?"

Angelo och Sofia skrattade när de bläddrade igenom vykorten och mindes tillbaka till sina barndomsminnen. Estela log åt dem, hennes hjärta fylldes av värme och glädje när hon såg sina barn tillsammans, lyckliga och höga på livet.

Sofias fingrar stannade på ett av vykorten och vände på det. "Detta har jag inte sett innan, vart är detta ifrån mamma?"

Estela tog det lilla vykortet som föreställde El-Castillo pyramiden, Mexikos populäraste sevärdhet, en lämning från Mayaindianernas tid och en hyllning till Mayaguden Kukulkan.

"Er pappa tog mig hit på vår bröllopsresa", sa hon med en nedstämd röst. "Vi åkte dit för att lära oss mer om vårt ursprung och njuta av den magiska miljön som omfamnade pyramiden. Det var tider det", fortsatte hon.

Estela hade många bra minnen från sin tid med deras pappa. De hade varit gifta i många år och deras högsta prioritet var alltid att ge barnen vad de behövde. De hade träffats på torget i den lilla staden där de båda bodde och blivit förtjusta i varandra direkt.

Angelo och Sofia kramade om sin mamma, och Angelo lade ner högen av vykort i en av flyttkartongerna. El-Catstillo-vykortet lade han kärleksfullt i Estelas hand. "Behåll det här." Estela log tillbaka med värme i blicken.

Senare på kvällen, när Angelo hade packat klart och väskor och kartonger stod vid dörren, tog Estela och Sofia med honom ut på balkongen som vette mot innergården. Månen lyste upp träden och skapade en magisk atmosfär av lugn och förväntan.

Det var ingen stor lägenhet de bodde i, men det var deras hem. För Estela hade det varit viktigast att skapa en bra grund för hennes båda barn. I Mexiko bodde nästan hela släkten i samma hus för att kunna ta hand om varandra och finnas där för varandra om det skulle behövas. Det skapade en trygghet, samma trygghet som hon alltid velat skapa åt dem i Sverige. "Jag är så stolt över dig, Angelo", sa Estela och kramade om honom igen. "Du kommer att göra storartade saker. Och jag är glad att du har funnit en plats i världen."

Angelo log och kände sig varm inombords. Han var redo för det nya kapitlet i sitt liv. Han visste att hans mamma och syster också var redo att återvända till Mexiko, där de skulle återförenas med släkt och vänner. Det var en lättnad att veta att de var trygga med sitt beslut.

Alla tre stod på balkongen den kvällen, tysta och stilla, och bara njöt av stunden. Trots att Angelo faktiskt packat ner hela sitt liv i flyttkartonger förstod Estela att det var dags för den unge mannen att sprida ut sina vingar och tänka på sig själv, så mycket som han tänkte på alla andra hela tiden. Det var dags att se vad framtiden hade dukat upp för honom.

Sofia skulle komma att sakna sin storebror väldigt mycket. De hade varit oskiljaktiga nästan hela hennes liv, och att han inte skulle finnas där för att se henne ta studenten eller prata om killproblem med henne tyngde henne lite. Men hon förstod att han inte kunde flytta med, och det var okej, fastän det kändes oerhört sorgligt.

~ * ~

Angelo gick sakta upp för trapporna, en flyttlåda under varje
arm medan han försökte hålla balansen på de smala stegen.
Trapphuset var smalt och mörkt, med slitna trappsteg som
knarrade under hans fötter. Strax ovanför honom, på en av
svängarna i trapphuset, stod Pontus. Hans ansiktsuttryck var en
blandning av nyfikenhet och en svag förvåning när han såg
Angelo komma.

Pontus, med sina uppmärksamma ögon, såg snabbt att
Angelo bar på flyttlådor. "Hej där, ser ut som du har fullt upp
med flytten!" hälsade han vänligt när Angelo närmade sig.
"Flyttar du in?"

Angelo nickade och log lätt. "Ja, det stämmer. Jag flyttar in
hos Naomi för tillfället. Hon erbjöd sig att hjälpa mig eftersom
min mamma och lillasyster flyttar tillbaka till Mexiko om ett
tag."

Pontus nickade överraskat men kunde inte dölja sin missnöjda min. Han tittade mot Naomis dörr med en rynkad panna. "Hon verkar vara en sådan person, alltid där för andra."

Precis då öppnades Naomis dörr och hon tittade ut, med ett mjukt leende på läpparna när hon såg Angelo och Pontus prata. "Hej Pontus! Angelo behöver hjälp att bära upp sina saker. Skulle du kunna ge honom en hand?"

Pontus nickade motvilligt och gick ner några steg för att möta Angelo. "Absolut, det är klart jag kan hjälpa till."

Tillsammans bar de upp de resterande flyttlådorna och Angelos stora resväska till Naomis lägenhetsdörr. När de stod där utanför med sina sista kartonger, kom Vesta glidande nerför trapporna. Hennes kläder var en explosion av färger och tyger som fladdrade runt henne, och hennes ansikte lyste upp av ett stort leende.

"Hallå där, mina vänner!" utropade hon glatt när hon närmade sig dem. "Vad har vi här? En nykomling i huset."

Angelo kunde inte låta bli att vara lite överraskad av Vestas färgstarka utstrålning. Han hälsade tillbaka lite förvirrat medan Pontus presenterade honom för henne.

"Vesta, det här är Angelo. Han flyttar in hos Naomi för tillfället", sa Pontus, hans röst en aning spänd.

Vesta nickade med en hemlighetsfull blick. "Ah, Naomis nya vän. Var god och ta hand om henne, hon har ett stort hjärta, " fortsatte hon innan hon försvann runt hörnet.

Angelo kände sig nyfiken. "Vem är Vesta egentligen?" frågade han Pontus när Vesta fortsatte nedför trapporna och ut på gatan.

Pontus suckade lätt och skakade på huvudet. "Vesta är en trevlig men mystisk kvinna. Hon har bott här i huset i evigheter verkar det som, trots det ser hon inte så gammal ut. En äkta "natursjäl", lite galen, vet det mesta om alla och väldigt genuin. Hon tar hand om oss alla här, erbjuder healing och har ett eget företag inom holistisk hälsa och välmående."

Angelo nickade medan han lyssnade. "Det låter som många kvinnor i Mexiko där jag kommer ifrån. Vi kallar dem "läkekvinnor". De har en djup vördnad för naturen och dess läkande krafter, och finns där för att hjälpa samhället."

Pontus log, men hans ögon visade en glimt av irritation. "Precis så. Vesta är en sådan person, en viktig del av vårt lilla "community" här."

När de nästan kommit upp för sista trappsteget, kände Angelo en viss spänning i luften. Han kunde inte undgå att märka Pontus subtila missnöje. Utanför Naomis dörr ställde de ner sista kartongerna, och Angelo kunde inte låta bli att fråga. "Är det något som stör dig?"

Pontus stannade upp och såg på Angelo med en ärlig blick. "Det är bara... Naomi... jag vill bara att hon ska vara okej. Det känns lite konstigt att någon ny flyttar in så plötsligt, hon har ju inte bott här länge."

Angelo nickade förstående. "Jag förstår. Jag är bara tacksam för hennes vänlighet. Jag vill inte orsaka några problem."

Pontus skakade på huvudet. "Det är inte ditt fel. Det är bara oväntat. Men om Naomi har valt att hjälpa dig, så litar jag på hennes omdöme."

"Är ni två..." Angelo fortsatte och gestikulerade i luften. Pontus tittade förvånat på honom och visste precis vad Angelo antydde. "Nej, nej, herregud, nej, det var inte så jag menade", svarade han överrumplad. "Jag bara menar att..." Pontus suckade och avbröt sig själv.

"Ok, det är lugnt, du behöver inte förklara, jag fattar", Angelo gav honom ett förstående leende och räknade kartongerna.

Angelo kände en lättnad. Trots den lilla friktionen så kändes det som att detta skulle bli väldigt bra. Han kände att Pontus och han kanske kunde lära känna varandra bättre, han verkade vara en sjyst människa som kunde bli en riktigt god vän om de gav varandra lite tid och utrymme.

Pontus lämnade över sista kartongerna till Angelo och nickade för att gå in till sig.

"Tack för hjälpen Pontus, det var sjyst, hade nog inte klarat det själv", sa Angelo med ett leende och nickade tillbaka.

"Mmm, det var väl inget", mumlade Pontus innan han öppnade dörren in till sig och försvann in.

~ * ~

Pontus stängde dörren bakom sig och lutade sig tungt mot den, försökte skaka av sig känslan av avundsjuka och oro som gnagde i magen. Han andades in djupt, kände doften av gammalt trä och damm som alltid fanns i hans lägenhet, blandat med D&G herrparfym.

Han sjönk ner på den slitna, men bekväma soffan, vars tyg var blekt och nött efter många års användning. Bredvid soffan stod ett litet soffbord belamrat med notblad, tomma kaffekoppar, en bärbar dator och en liten askkopp. Hans blick föll på en av gitarrerna som låg på soffan bredvid honom. Det var en vacker akustisk gitarr, välanvänd men älskad, med en varm, rik ton som alltid lyckades lugna hans sinne. Gitarren han fått av sin mamma alla de år sedan när han först visat intresse för musiken, ett av hans favoritinstrument förutom hans keyboard.

Han tog upp gitarren och lät fingrarna glida över strängarna. De första tonerna av en mjuk melodi fyllde rummet, och han lät musiken bära honom bort från verkligheten för en stund. Men hur mycket han än försökte, kunde han inte helt skaka av sig tankarna på Naomi och Angelo.

Medan han spelade, tänkte han tillbaka på hur han nyss hade hjälpt Angelo att bära lådorna upp till Naomis lägenhet. Det hade stungit lite att se hur väl de verkade komma överens, trots att de knappt kände varandra. Han kunde inte undgå att känna en viss avundsjuka.

Naomi verkade vara en sådan ung kvinna som verkligen tog för sig och hade ett stort hjärta. Hon hade en viss aura kring sig, och han kunde inte låta bli att beundra hennes självsäkerhet och värme. Trots detta hade han fortfarande inte vågat prata med henne på tu man hand. Det var svårt för honom eftersom han kände sig osäker och ville inte säga något fel. Han mindes särskilt dagen då de gick hem från kaféet, när hon skulle ställa ut sina tavlor.

Melodin han spelade började förändras, blev lite mer melankolisk. Tonerna reflekterade hans inre konflikt, hans kamp mellan att vara glad för Naomis skull och hans egen rädsla för att förlora en vänskap som ännu inte hade börjat gro.

Han visste att han inte hade rätt att vara avundsjuk, men känslorna var svåra att ignorera.

Efter en stund satte han ifrån sig gitarren och reste sig upp. Han gick fram till fönstret och tittade ut över gatan. Mörkret hade sänkt sig, och stadens ljus glittrade i den ljumma kvällen. Han kunde se reflektionerna av lyktstolparna i den blanka ytan på asfalten, höra det dova bruset av avlägsna bilar. Han suckade djupt och försökte hitta någon sorts klarhet i sina känslor.

"Kom igen, Pontus, du måste rycka upp dig", mumlade han för sig själv. "Naomi är fri att göra vad hon vill, du känner ju inte ens henne. Om Angelo kan hjälpa henne med sina tavlor och hon är glad, då borde du vara glad för hennes skull."

Men det var svårt att verkligen känna så. Han visste att han behövde tid att vänja sig vid tanken. Att Angelo nu bodde med Naomi kändes som en påminnelse om allt han själv inte vågat göra, alla ord han inte sagt, allt han inte gjort.

Pontus vände sig bort från fönstret och såg runt i sitt eget hem. Teknik och musik fyllde varje vrå. Förutom gitarrerna och keyboarden använde han datorn till att mixa och spela in sina låtar, den användes även till hemmaarbete för teknikfirman. En mikrofon hängde från taket, redo att fånga varje ton och ord. Trots alla sina prylar och sitt intresse för musik kändes lägenheten plötsligt tom och kall.

Kanske var det dags att ta ett steg tillbaka och verkligen fundera på vad han ville. Vad var det för känslor som bubblade upp? Allt kändes så främmande men ändå inte. Varför var Naomi så speciell? Visst hade han stött på tjejer innan, men Naomis energi var annorlunda. Hon påverkade honom på ett sätt han aldrig känt förut.

Hon hade flyttat in och skakat om i huset, det hade skapats någon slags energivortex som sög in honom allt djupare, på ett bra sätt, på ett sätt som fick honom att ifrågasätta livet. Hennes energi tog honom till andra dimensioner av sig själv. Han såg på sig själv med ifrågasättande och vördnad samtidigt som han verkligen borde rycka upp sig och bli mer sårbar, visa de känslor han ofta stängde inne.

Den lilla avundsjuka han kände mot Angelo var mer en kamp han själv gick igenom inom sig, en rädsla att förlora något han inte hade och en känsla av att inte räcka till och vara god nog.

Med en sista suck satte han sig ner och började spela på gitarren igen, denna gång en mer upplyftande melodi. Tonerna steg och föll, fyllde rummet med hopp och en känsla av att allt kanske skulle ordna sig till slut. Han lät musiken föra honom till en plats av förståelse.

Medan melodin fortsatte att sväva genom rummet, bestämde han sig för att ge det tid. Han var trots allt drygt tjugofem år, stod på egna ben, hade ett jobb, pengar och bodde i ett hus fyllt till brädden av liv. Vad mer kunde man önska sig? Han var självständig, behövde inte tänka på någon annan, kunde komma och gå som han ville. Hans föräldrar hade aldrig klagat när han flyttade hemifrån för två år sedan.

Hans pappa var bara glad över att ha kvar Pontus i firman, så glad att han hjälpte honom att flytta in i huset. Pontus hade inte den starkaste relationen med sina föräldrar. Han hade växt upp med vetskapen om att kunskap var makt och känslor var för svaga människor. Därför hade han valt att leta efter något eget, där han fick plats för alla sina uttryck, där han kunde vara sig själv, för sig själv och skapa musik som om ingen annan var i närheten.

Pontus märkte att han spelade allt hårdare på gitarrsträngarna och avbröt sig själv mitt i melodin. "Vad är det med dig, Pontus? Skärp dig nu", sa han högt till sig själv medan fingrarna fortsatte att glida över strängarna – tankarna gav honom en lätt förvirring.

~ * ~

Angelo vände sig mot Naomi. "Tack för att jag får bo här, Naomi. Jag vet att det är lite trångt." Naomi log varmt och nickade. "Det är ingen fara, Angelo. Vi ska nog få plats med allt. Låt oss bära in resten av lådorna och börja packa upp."

De tog varsin låda och bar in dem i lägenheten. Inredningen var ett kreativt kaos, med målarfärger och penslar spridda överallt. Stafflier stod uppställda vid fönstren för att fånga det naturliga ljuset, och dukar med halvfärdiga målningar lutade sig mot väggarna. Angelo kunde inte låta bli att beundra Naomis konstnärliga talang medan han navigerade genom rummet.

"Var vill du att jag ska ställa den här?" frågade Angelo och höll upp en låda med böcker och personliga tillhörigheter.

"Ställ den där borta", sa Naomi och pekade på ett hörn som var lite mindre belamrat. "Vi får göra det bästa av utrymmet vi har."

När de fortsatte att packa upp, insåg Angelo att det verkligen bara fanns en stor dubbelsäng i lägenheten. Han såg frågande på Naomi, som märkte hans blick och log lite generat.

"Ja, det finns bara en säng", erkände hon. "Men vi kan dela den, så länge vi sätter några gränser. Jag vill att vi ska vara bekväma och respektera varandras utrymme."

Angelo nickade förstående. "Självklart, Naomi. Jag vill inte göra något som får dig att känna dig obekväm. Det är helt okej för mig med gränser."

Naomi kände en lättnad över Angelos respektfulla inställning. Det var ju inte varje dag hon bjöd hem främmande män att bo hos henne.

Hon fortsatte att visa honom var han kunde förvara sina saker, och tillsammans arbetade de för att skapa ordning i det lilla utrymmet. Trots röran började en känsla av värme och gemenskap växa mellan dem.

När de packat upp det mesta och kvällen närmade sig, satte de sig ner i den stora, slitna soffan som stod mitt i rummet och tog en paus. Naomi sträckte ut benen och såg på Angelo med ett leende.

"Det känns som vi fått mycket gjort idag", sa hon. Angelo nickade.

"Hur känner du dig om allt det här nu då?" fortsatte Naomi.

Angelo lutade sig tillbaka och log. "Jag känner mig tacksam. Jag vet att det inte är lätt att öppna sitt hem för någon man knappt känner. Men jag uppskattar verkligen det här, Naomi. Jag vet inte hur jag någonsin ska tacka dig", fortsatte han.

Naomi nickade och kände en varm känsla av samhörighet. "Vi ska nog få det här att fungera, Angelo. Och om det blir för trångt får vi vara kreativa och hitta lösningar tillsammans. Hur känns det förresten, att de åker?"

Angelo tog upp pennan från bordet och började snurra den mellan fingrarna. Frågan trängde sig in och rörde vid något djupt inom honom, något han länge försökt förtränga.

"Jag vet inte", mumlade han. "Det känns konstigt. Tomt, kanske. Men jag borde inte känna så, eller hur? Jag vill ju att de ska ha det bra i Mexiko, och jag vet att de kommer ha det bra. Det blir bra för Sofia."

Naomi sträckte ut handen och lade den mjukt över hans. Inte tvingande, bara där. Varm och trygg. "Du får känna precis som du känner, Angelo", sa hon. "Utan att skämmas."

Han stirrade ner på pennan. Det var något i hennes röst som fick hans bröstkorg att kännas mindre trång. Han svalde och nickade långsamt. Han var inte van vid sådan gästvänlighet från okända människor, men Naomi var speciell, det kände han. Hon satt kvar i tystnad och lät den vara enkel och ofarlig. Just då insåg han att tacksamhet inte alltid behövde sägas högt.

Angelo började gäspa stort där han satt bekvämt i soffan och drog upp telefonen ur fickan för att se vad klockan var. "Börjar bli sent", sa han trött och reste sig sakta. "Badrummet har du inte visat mig än", fortsatte han och knuffade försiktigt på Naomi, som log åt honom. Naomi pekade rakt över rummet mot en dörr med en stor konstplansch på. Angelo reste sig ur soffan, gick dit hon pekat och öppnade dörren.

Han stod kvar i dörröppningen och bara gapade. Det var som att komma in i en liten, trång konsthall. Badrumsgolvet var täckt av små mosaikplattor i olika färger som skapade en stor mandala mitt på golvet.

På väggarna hängde små, utvalda konstverk som Naomi skapat. För att maximera ytan fanns där en vägghängd toalett, ett litet vitt klassiskt handfat prytt med en vas med små snittblommor som såg ut att bytas regelbundet. En liten duschkabin med glasväggar och takdusch stod i ena hörnet, och vid sidan av kabinen stod en stor kruka med en luftväxt.

Angelo hade svårt att ta in allt. "Wow!" var det första som kom ur hans mun. "Badrummet representerar verkligen dig, Naomi", avslutade han och klev in för att göra sitt. Naomi log brett för sig själv från soffan. Badrummet var hennes lilla oas när hon behövde avslappning. Duschens renande effekt, dofterna från blommorna och känslan det gav var den där extra omfamningen hon behövde efter en lång arbetsdag.

När de till slut gjorde sig redo för natten, bestämde de sig för att lägga några kuddar som en symbolisk gräns mellan dem i sängen. Angelo låg på ena sidan och Naomi på den andra. Det var lite ovant, men de kände båda en respekt för varandras utrymme.

Det var längesedan Naomi delat säng med en man, men hon brydde sig inte så mycket om det när det var Angelo. Hon hade absolut inte sådana känslor för honom utan såg honom mer som en bror eller nära vän.

Från Pontus lägenhet hördes toner från en gitarr genom väggen. Naomi låg och lyssnade en stund och kunde inte sluta undra över vem han var och vad som tyngde honom. Hon kunde inte sätta fingret på vad det var, men det kändes som att han inte berättade allt. Han verkade väldigt spänd, som att han alltid funderade på något. Men spela musik, det kunde han verkligen. Melodierna avlöste varandra och böljade som slöjor i vinden, det kändes som hans egen poesi.

Hon slöt ögonen för att förbereda sig för att glida in i drömmarnas värld och lät natten sänka sig som en mjuk, sammetslen mantel över den lilla staden. Husens tak och gator badade i det mjuka skenet från gatlyktor, vars varma ljus kastade långa, lugna skuggor.

Stjärnorna glittrade på den klara, djupblå himlen, och månen hängde som en silverfärgad lykta högt ovanför, vakande över allt.

Träden viskade stilla i den ljumma nattbrisen, och en fridfull tystnad spred sig, bruten endast av de avlägsna ljuden från nattens djur i fjärran.

Huset, med sina fönster som glödde av inomhusljus, såg ut som en trygg hamn i natten, omsluten av mörkrets rofyllda famn.

Från skorstenen steg en tunn rökstrimma, doftande av ved och trygghet. Inne i huset hördes dämpade röster och det svaga klirret av porslin – ljud som vittnade om liv, om värme, om någon som väntade.

~ * ~

Morgonen därpå vaknade Naomi till det svaga ljuset av
gryningen som sipprade in genom fönstret. Fåglarnas kvitter
blandades med ljudet av stadens första bilar som försiktigt
rullade över den varma asfalten. Hon kände sig utvilad och redo
för dagen, fylld av förväntan inför vad som låg framför henne.
När hon steg ur sängen, kände hon de svala träplankorna under
fötterna och log åt den bekanta känslan.

På väg mot köket snubblade hon nästan över ett flygblad som
låg på dörrmattan. Hon plockade upp det och såg direkt Vestas
eleganta handstil:

"Retreathelg på Naturliga Rum"

Nyfikenheten väcktes omedelbart. Naomi satte sig vid
köksbordet, bredde sig en macka och hällde upp en kopp te
medan hon läste vidare. Pappret var handgjort och doftade

svagt av lavendel, dekorerat med omsorgsfullt tecknade mönster av stjärnor och växter. Hon kunde nästan höra Vestas varma röst i orden.

Kära Vänner,

Jag är glad att bjuda in er till en helg av fördjupning, avkoppling och återupplivande av våra själar.
Under tre dagar kommer det hållas retreat i min lokal, "Naturliga Rum", där vi tillsammans kommer att utforska våra inre världar och den naturliga skönhet som omger oss.
Datum: fredag till söndag, vecka 30
Tid: Start fredag kl. 17.00, Slut söndag kl:16.00
Plats: Naturliga Rum, vid hörnet av Granitvägen och Skogsgatan
Vad kan ni förvänta er: Meditation och Mindfulness:
Vi kommer att börja varje morgon med en guidad meditation för att centrera oss och finna inre frid. Kreativ workshop: Det kommer finnas möjlighet att skapa sina egna uttryck i färg och form.
Renande ceremoni: Med hjälp av örter, kommer vi att rena våra sinnen och kroppar.
Musik och rörelse: Vi kommer röra oss till musik av olika slag i frigörande dans för att släppa på stagnerad energi och skapa flöde i våra kroppar.

Skogsbad/naturvandring: Vi kommer utforska naturens läkande kraft genom en skogsmeditation.

Jag ser fram emot att dela denna helg med er och skapa minnen som kommer att bära oss genom livets alla skiftningar. Vänligen meddela mig om ni har några frågor eller behöver mer information.

Med värme och ljus, ~ Vesta ~

Vesta hade planerat en helg med meditation, kreativt skapande och självrannsakan. Inbjudan var riktad till både kvinnor och män som ville vara med och transformeras. Med flygbladet i handen, fortsatte hon noga läsa.

Angelo, som hade gått upp tidigt för att hinna med sina morgonrutiner, satt redan vid bordet och åt frukost. Solens första strålar lekte i hans mörka hår när han tittade upp från sin tallrik.

"Hej Naomi, vad har du där?" frågade han och pekade på flygbladet.

"Det är en inbjudan från Vesta", svarade hon och räckte honom papperet. "Hon vill att vi ska delta i en retreathelg."

Angelo läste noggrant och hans ansikte lyste upp av intresse. "Det här låter spännande. Vi borde gå ner och prata med henne för att få veta mer." Naomi log mot honom och nickade med munnen full av smörgås.

De beslutade sig för att prata med Pontus, så efter frukosten gick de tillsammans till hans dörr och knackade. Pontus öppnade, iklädd en stor morgonrock och med håret extra rufsigt efter natten.

Naomi log stort när hon såg honom stå där yrvaket och frågande.

"God morgon, Pontus. Kolla vad vi hittade", sa hon och visade honom flygbladet.

Pontus ögnade igenom texten och ryckte på axlarna. "Jag vet inte... låter lite flummigt för min smak."

"Kom igen, Pontus", insisterade Naomi. "Det kan vara en chans att lära känna oss själva bättre. Och det är bara en helg, det kan bli kul. Alla vi tre tillsammans, vi kommer lära känna varandra bättre också. Kom med ner till Vesta."

Naomi drog tag i den yrvakna Pontus som nu kände sig lite vilsen. Han nickade artigt till Angelo, som nickade tillbaka.

Motvilligt följde Pontus med dem ner till Vestas lägenhet. När de ringde på dörren öppnade hon med sitt karakteristiska varma leende. Hennes kläder fladdrade lätt när hon rörde sig, som om hon var omgiven av ett ständigt mjukt vinddrag.

"Välkomna, kom in!" sa Vesta och vinkade in dem.
För både Angelo och Pontus var det första gången de satte foten i Vestas hem. När de klev in, möttes de av en doft av lavendel och sandelträ. Lägenheten var som en annan värld, en fridfull oas fylld med växter, kristaller och rökelse som spred en

lugnande doft. Ljuset smög sig in genom stora fönster och reflekterades i de färgglada glasprismorna som hängde överallt. På väggarna hängde konstverk med mystiska motiv, och bokhyllorna var fyllda med böcker om örter och naturmedicin. Vega och Moon, Vestas två katter, rörde sig smidigt bland grönskan, deras päls glänsande i det mjuka ljuset. De båda männen gick som förtrollade efter Vesta och Naomi in i vardagsrummet.

De satte sig bekvämt på kuddar runt ett lågt bord där Vesta hade förberett te och något som såg ut som småkakor. "Jag är så glad att ni är här", sa hon och serverade dem varsin kopp te. "Jag har planerat den här helgen för att vi alla ska kunna komma närmare oss själva och varandra."

Naomi, Angelo och Pontus lyssnade noga när Vesta förklarade upplägget. "Vi kommer att börja med meditation för att öppna våra sinnen och hjärtan. Därefter blir det olika kreativa övningar, inklusive målning, musik och skrivande. Vi kommer också att ha djupa samtal, healingövningar och självrannsakan, där vi kan dela våra innersta tankar och känslor."

Pontus lutade sig tillbaka och korsade armarna. "Jag vet inte om det här är något för mig", sa han skeptiskt och började obekvämt skruva på sig.

Hans röst hade en aning nervositet i sig, bara tanken på att dela saker om sig själv till andra gjorde honom smått ängslig, det var inget han alls var van vid.

Vesta lade märke till hans morgonrock och log milt. "Pontus, kanske du kan ta med några av dina instrument och spela lite musik under retreatet? Det kan hjälpa oss alla att komma i rätt sinnesstämning."

Pontus såg smått chockad ut. "Jag... jag vet inte....jag...."

"Du har en fantastisk musikalisk talang", fortsatte Vesta. "Det skulle verkligen bidra till vår gemenskap. Och jag känner att det skulle vara bra för dig också."

Pontus skruvade ytterligare på sig, men något i Vestas ögon fick honom att känna sig mer öppen och trygg. "Okej, jag ska ge det ett försök", mumlade han till slut. Kanske var det detta han behövde och kanske kunde det öppna nya möjligheter för honom. Vesta verkade ju veta det mesta och musiken var ju något han brann för. Så länge det kunde hjälpa honom att slippa deltaga så mycket i de andra aktiviteterna var det värt ett försök.

Naomi, glad över att Pontus gick med på förslaget, vände sig mot Vesta. "Vad ska vi göra mer specifikt under helgen?"

Vesta log. "Vi kommer att utföra reningsceremoni, energiövningar, meditation och skogsbad. Naomi, jag skulle vilja att du målar en tavla av moder jord att ha i mitten av rummet under helgen. Det kommer att bli en central del av vår gemensamma meditation." Naomi nickade, kände sig hedrad av förfrågan. "Det gör jag gärna."

Angelo, som hade suttit tyst, lyfte nu blicken mot Vesta. "Jag har några frågor", sa han försiktigt. "Jag känner att det är mycket som jag inte förstår i mitt liv just nu. Kan du hjälpa mig på något vis Vesta?"

Vesta lutade sig framåt och såg djupt in i Angelos ögon. "Du bär på mycket inom dig, Angelo. Rädslor, osäkerheter, men också en enorm styrka. Vi kommer att arbeta med att frigöra dessa känslor och hitta din inre balans, men du måste våga möta dina känslor Angelo, sitta med dem och omfamna dem." "De är en del av dig och ditt växande", fortsatte Vesta.

Angelo nickade tyst, och det var tydligt att Vestas ord berörde honom djupt.

När de lämnade Vestas lägenhet och gick tillbaka till sina egna, kände Naomi en blandning av spänning och förväntan inför retreatdagarna. Hon visste att detta skulle bli en möjlighet för dem alla att växa och lära känna varandra bättre.

När de kom till Pontus dörr, tog Naomi ett djupt andetag och sa: "Pontus, kan jag komma in en stund? Jag är nyfiken på din musik, och eftersom du ska spela på retreatet vore det kul att höra vad du kan."

Pontus kände nervositeten stiga inom sig men blev också glad, även om han försökte dölja det. "Visst, varför inte", svarade han och öppnade dörren.

Naomi steg in och såg sig omkring i Pontus lägenhet för första gången, medan Pontus snabbt bytte till en ren t-shirt och krånglade på sig sina blåa jeans som hängde på soffkanten.

Lägenheten var en blandning av teknik och musik, en verklig ungkarlslya. Väggarna var täckta av hyllor med musikutrustning, musikböcker, LP-skivor, gitarrer och en keyboard stod prydligt placerade längs en vägg. I taket hängde en mikrofon, och på bordet stod en bärbar dator tillsammans med notblad utspridda runt omkring.

Pontus kände hur hans hjärta slog snabbare. Han hade aldrig haft någon som Naomi i sin lägenhet förut, och nervositeten började sprida sig. Han kände sig plötsligt medveten om varje detalj i rummet, varje osorterad hög med papper och varje dammkorn på gitarrerna.

"Wow, det här är imponerande", sa Naomi och såg sig omkring. "Du har verkligen satsat på din musik." Pontus ryckte på axlarna, försökte verka nonchalant. "Det är mitt sätt att koppla av."

Naomi märkte hur hans händer skakade lite när han pratade. "Spela något för mig", bad hon och satte sig i soffan, ett varmt leende på läpparna.

Pontus tog ett djupt andetag och plockade upp en av sina gitarrer. När han satte sig ner och började spela, fyllde mjuka, melodiska toner rummet och skapade en varm, inbjudande atmosfär. Naomi lyssnade noga, imponerad av hans talang.

Plötsligt stannade hon upp, hennes ögon lyste till. "Vänta lite...
den där melodin. Jag känner igen den. Har du spelat den
förut?"

Pontus stelnade till och kände hur hans kinder började hetta.
"Ja, kanske... Det är något jag har jobbat på ett tag. Den är
inspirerad av... av saker runtomkring mig."

Naomi log, en mjuk värme i hennes ögon. "Den är verkligen
vacker. Jag gillar den mycket."

Pontus kände sig både smickrad och ännu mer nervös. "Tack.
Egentligen ska det vara mer keyboardtoner i den. Gitarren är
bara för att skissa upp melodin."

"Jag skulle älska att höra det med keyboard också", sa Naomi
- hennes röst lugn och uppmuntrande.

Pontus tog mod till sig, reste sig och gick över till sin
keyboard. Han började spela melodin igen, nu med de klara,
elektroniska tonerna. Rummet fylldes med en ny dimension av
ljud, och Naomi lutade sig tillbaka, tydligt njutande av musiken.

När han avslutade såg hon på honom med ett varmt leende.
"Du har verkligen stor talang. Jag ser fram emot att höra mer av
din musik under retreatet."

Pontus kände sig glad och smickrad, även om han försökte
hålla det för sig själv. "Tack", fick han nervöst fram.

De satt tysta ett ögonblick. Pontus kämpade med att hålla sig
lugn – hans hjärta fortfarande bultande av nervositet. Naomi
reste sig långsamt, hennes blick vandrade över rummet. "Jag

ska gå tillbaka och börja måla min tavla, Angelo undrar nog vart jag tagit vägen. Tack för att du lät mig lyssna."

Pontus nickade, försökte dölja sin lättnad. "Det var inget. Vi ses senare."

Naomi log en sista gång innan hon lämnade hans lägenhet och gick tillbaka till sin egen. Pontus, fortfarande sittande vid sin keyboard, kände en blandning av lättnad och spänning. Han visste att han hade gjort framsteg; han hade vågat bjuda in henne till det allra heligaste – hans musik. Och så var det Naomi också, Naomi ja...

~ * ~

När Naomi kom tillbaka från Pontus lägenhet möttes hon av en oväntad men behaglig doft av kryddor och hemlagad mat. Hon stannade upp i dörröppningen och såg Angelo stå vid spisen, flitigt rörande i en stekpanna.

"Vad är det som händer här?" frågade hon med ett leende, överraskad över synen.

Angelo vände sig om med ett brett leende. "Jag tänkte att du kanske skulle behöva något annat än målarfärg att äta", sa han med en blinkning. "Så jag rotade lite i ditt skafferi och slängde ihop något enkelt och mexikanskt. Hoppas det är okej."

Naomi skrattade och gick in i köket. "Det är mer än okej. Det luktar fantastiskt."

Angelo hade dukat upp med några enkla men färgstarka ingredienser: bönor, ris, majs och några kryddiga såser som han hade lyckats få fram. Allt presenterat på en blandning av papperstallrikar och konstnärspaletter som Naomi hade liggande.

"Jag hoppas du gillar tacos", sa han och räckte henne en tallrik. Naomi tog emot den med ett leende och satte sig vid köksbordet, som var överbelamrat med penslar, färgtuber och halvfärdiga skisser. "Det här ser fantastiskt ut, Angelo. Jag visste inte att du kunde laga mat."

Han ryckte på axlarna och satte sig mittemot henne. "Jag har lärt mig en del av mamma. Hon sa alltid att en bra kock kan göra något gott av vad som helst."

De började äta och Naomi blev positivt överraskad över hur gott det var. "Det här är verkligen jättebra", sa hon med en nickning av uppskattning. "Du har en talang för det här också." Angelo log och tog en tugga av sin egen taco. "Tack, Naomi."

De fortsatte att prata om dagen, om besöket hos Vesta och Pontus musik. Naomi delade sina tankar och känslor, medan Angelo berättade mer om sin familj.

"Det måste vara jobbigt att börja om på nytt så här", sa Naomi med en eftertänksam blick.

"Ja, det är det", svarade Angelo och stirrade ner i sin tallrik. "Men jag känner att jag gör det rätta. Jag behöver detta, och att få bo här med dig, om så bara för en tid, ger mig en chans att komma på vart jag är på väg."

Naomi nickade och tog en klunk av sitt vatten.

"Jag är glad att jag kan hjälpa till. Du är verkligen välkommen här."

Angelo skakade på huvudet, tacksam. "Jag vet inte hur jag någonsin ska kunna tacka dig tillräckligt. Du har verkligen räddat mig."

Naomi log. "Vi hjälper varandra. Och om du fortsätter att laga så här god mat, så är jag mer än nöjd."

De skrattade tillsammans och fortsatte att prata om allt mellan himmel och jord. Angelo berättade historier från sin barndom i Mexiko, om hans mamma Estela och lillasyster Sofia, och hur de hade anpassat sig till livet i Sverige. Naomi delade sina minnen från Kenya och hur hennes pappa etablerat sig i Sverige. Samtalen flödade naturligt och de lärde känna varandra på djupet.

När de hade ätit klart och plockat undan, satte sig Naomi vid sitt skrivbord och tittade på telefonen. "Jag tror jag ska ringa min pappa", sa hon efter en stund. "Det var längesedan vi pratade, och jag vill berätta om allt som händer här."

Angelo nickade uppmuntrande. "Det låter som en bra idé. Jag ska ge dig lite "space"."

Naomi log tacksamt och tog upp telefonen. Hon kände en varm känsla i magen, en känsla av att allt sakta men säkert föll på plats i hennes liv. Samtalet med hennes pappa skulle bli pricken över i:et på en dag fylld av nya upplevelser och djupa samtal.

Hon satte sig bekvämt i sin stol, omgiven av sina konstnärsmaterial och halvfärdiga skisser. Hon tog ett djupt andetag och tryckte på ring-ikonen för att ringa sin pappa. Hans varma, färgstarka röst var något hon verkligen hade saknat. Efter några signaler svarade han, med en karakteristisk, glad röst som alltid bar med sig en hint av deras afrikanska ursprung.

"Hallå, min lilla stjärna!" sa han med sin djupa, melodiska stämma som kunde få vem som helst att känna sig hemma.

"Hej, pappa!" svarade Naomi, hennes ansikte ljusnade upp. "Hur är det med dig?"

"Åh, jag kan inte klaga", svarade han, och Naomi kunde nästan se hans breda leende och de glittrande ögonen som alltid utstrålade värme och kärlek.

"Jag har just gjort Samosas och Pilau med grillad kyckling. Huset doftar som en fest. Snart kommer farbror Dominic och Kasim på besök. Vi tänkte äta gott, prata gamla minnen och dricka lite rom." Naomi skrattade. "Jag saknar din mat, pappa. Det har hänt så mycket sedan vi pratade sist. Jag vet knappt var jag ska börja."

Han skrattade med sin djupa, resonanta röst som alltid fyllde henne med trygghet. "Börja från början, Naomi. Jag har all tid i världen att lyssna."

Naomi lutade sig tillbaka i stolen och började berätta. "Jag har flyttat in i ett fantastiskt gammalt hus. Det är fullt av karaktär och charm, och jag älskar verkligen att bo här. Det är en sådan kontrast till mitt gamla ställe."

Hon beskrev huset i detalj, från de knarriga trapporna till de stora fönstren som släpper in massor av ljus. Hon berättade om den vackra trädgården utanför, som var full av blommor och buskar, och om hur hon brukade sitta där och måla när vädret tillät.

"Men det är inte bara huset som gör allt så speciellt", fortsatte hon. "Jag har också träffat några otroliga människor här. Min granne Vesta, till exempel. Hon är... ja, det är svårt att beskriva henne. Hon är som en sprudlande vind av färger. Hennes lägenhet är fylld med växter, kristaller och rökelser. Det är som att kliva in i en annan värld när man går in där, och hon är en otroligt bra människokännare."

"Det låter fascinerande", sa hennes pappa med en ton av nyfikenhet. "Berätta mer om Vesta."

Naomi log. "Hon har bjudit in mig och några andra grannar till en retreathelg som hon ska hålla. Hon säger att det kommer vara en helg fylld med meditation, healing och kreativitet. Och vet du vad? Hon vill att jag ska måla en tavla av moder jord att ha i mitten av rummet under retreathelgen."

"Det låter underbart, Naomi. Jag är glad att du har hittat en plats där du kan vara så kreativ och omgiven av inspirerande människor."

Naomi fortsatte att berätta om Angelo och Pontus. Hon beskrev hur Angelo hade flyttat in tillfälligt och hur de hade börjat bygga en stark vänskap. Hon nämnde hur han hade lagat mexikansk mat till dem och hur de hade delat sina livshistorier.

"Angelo är verkligen en bra ung man, pappa. Han har haft det tufft, men han är så stark och positiv. Och Pontus... han älskar musik, och vi har också börjat bygga en vänskap. Han är lite reserverad men har väldigt stor talang."

Hennes pappa blev tyst en stund, och Naomi kände att han tänkte efter. "Älskling, jag är glad att du har träffat nya människor, men jag vill att du ska vara försiktig. Kom ihåg vad som hände med Mika. Jag vill inte att du ska bli sårad igen."

Naomi svalde hårt. "Jag vet, pappa. Jag är försiktig. Det är annorlunda den här gången. Angelo och Pontus är bara vänner, och jag har lärt mig mycket sedan Mika. Jag är vuxen, jag kan ta hand om mig själv. Mika och jag ville inte samma sak, vi hade inte samma syn på livet."

"Jag litar på dig, Naomi. Bara kom ihåg att skydda ditt hjärta."

Naomi nickade, även om han inte kunde se det. "Jag lovar."

Hennes pappa hummade uppskattande i luren. "Det låter som att du har ett fantastiskt nätverk av människor runt dig, Naomi. Jag är så glad för din skull."

"Det är jag också, pappa. Jag känner mig verkligen hemma här. Men det är inte bara människorna och huset som gör det speciellt. Det är också Vestas retreat. Hon har valt oss tre specifikt för att delta, och hon säger att det är för att hon känner att vi alla har något speciellt att erbjuda och att vi kan lära oss något viktigt om oss själva."

Hennes pappa var tyst en stund, som om han reflekterade över det hon hade sagt. "Det låter som en fantastisk möjlighet, Naomi. Jag tror att du kommer växa som person genom den här upplevelsen, och du behöver nog det."

Naomi log och kände en varm känsla av tacksamhet. "Tack, pappa. Det betyder mycket att höra det från dig. Jag saknar dig otroligt mycket."

"Jag saknar dig också, älskling. Men jag är så stolt över dig och allt du gör. Du har alltid haft en speciell gnista, och jag är glad att du får chansen att lysa ännu starkare."

De pratade en stund till, om gamla minnen och framtida drömmar, innan de avslutade samtalet.

Naomi skruvade på sig på stolen, fortfarande uppfylld av det hjärtliga samtalet med sin pappa. Hans ord ekade i hennes huvud, och hon kände en blandning av värme och saknad. När hon hörde steg närma sig, tittade hon upp och såg Angelo komma in från köket.

"Hej", sa han med ett vänligt leende. "Hur gick samtalet med din pappa?"

Naomi log tillbaka och drog upp knäna till hakan. "Det gick bra. Det var verkligen skönt att prata med honom. Jag har saknat honom."

Angelo satte sig ner i en av stolarna vid bordet som var överfullt med konstnärsmaterial. "Berätta om honom. Jag vill gärna veta mer."

Naomi tog ett djupt andetag och lutade sig tillbaka. "Min pappa är en fantastisk man. Han har alltid varit en färgstark och levnadsglad person. Han har ett skratt som kan fylla ett helt rum, och han är alltid så positiv, oavsett vad som händer."

Angelo lutade sig framåt, tydligt intresserad. "Hur var det att växa upp med honom?"

"Det var aldrig tråkigt", svarade Naomi med ett skratt. "Han älskar musik och dans, och våra familjefester var alltid fyllda med liv och rörelse. Han brukade laga den mest fantastiska maten. Doften av pilau och pappas samosas med grillad tilapia kunde alltid få mig att känna mig hemma. Han hade sådan vördnad för ingredienserna och hur maten tillreddes, allt var alltid som musik för munnen."

Angelo nickade och log. "Det låter underbart. Har han alltid stöttat din konst?"

"Ja, alltid", sa Naomi med värme i rösten. "Han var den som först uppmuntrade mig att måla. Han sa alltid att jag hade en speciell gnista och att jag skulle följa mina drömmar, oavsett vad. När jag var liten brukade han hänga upp mina teckningar på kylskåpet och visa dem stolt för alla som kom på besök."

Angelo skrattade. "Det låter som han verkligen tror på dig."

"Det gör han", sa Naomi mjukt. "Både mamma och pappa har alltid stöttat mig. De trodde på min konst långt innan jag själv gjorde det."

Hon drog ett djupt andetag innan hon fortsatte. "Men mamma... hon blev sjuk. När jag började i högstadiet blev hon sämre. Och till slut..." Naomis röst stockade sig, men hon samlade sig snabbt. "Hon gick bort, det tog hårt på pappa. Men jag vet att vi har henne med oss hela tiden."

"Pappa har under en lång tid varit väldigt beskyddande. Både efter det som hände mamma och det som hände med Mika, min ex-pojkvän, har han varit extra orolig för mig. Han vill inte att jag ska bli sårad igen eller gå vilse", fortsatte hon.

Angelo såg på henne med förståelse i blicken. "Jag är ledsen att du förlorat din mamma", sa han mjukt. "Men det märks att hon finns kvar i dig och det du gör. Och jag är säker på att hon skulle vara lika stolt över dig som din pappa är idag, inte bara för din konst, utan för den person du är."

"Och din pappa..." fortsatte Angelo. "Klart han bryr sig om dig, du har ju varit med om mycket."

Naomi nickade. "Ja, det gör han verkligen, och det känns bra att veta att han är stolt över mig och allt jag gör här. Det ger mig styrka att fortsätta."

Angelo satte sig närmare Naomi vid bordet och tog hennes hand. "Jag förstår det. Det är viktigt att ha människor i sitt liv som tror på en. Och jag tror också på dig, Naomi."

Naomi tittade upp mot honom med tacksamhet i blicken. Hon var så otroligt tacksam över vänskapen som uppstått mellan dem. Angelo hade ett stort hjärta och det kändes som allt han sa alltid kom från en trygg och hjärtlig plats. "Tack, Angelo. Det betyder mycket."

De satt tysta en stund, njutande av sällskapet. Angelo bröt sedan tystnaden med ett leende. "Nu när vi har pratat om din pappa, vad sägs om att vi sätter oss i soffan och bara pratar lite till? Det verkar som vi båda kan behöva det."

Naomi nickade. "Det låter som en bra idé."

De flyttade sig till den slitna men bekväma soffan, omgivna av målardukar och penslar. Naomi kände hur avslappnad atmosfären blev och hon uppskattade Angelos närvaro mer och mer. När de satt där i soffan och pratade om allt möjligt, från konst till livet i allmänhet, frågade Angelo plötsligt, "Vem var Mika?"

Naomis leende försvann och hennes kroppsspänning ökade märkbart. Hon stirrade ner i en hög med målarpenslar och började fingra på dem. "Han var... någon jag var tillsammans med tidigare", sa hon tyst. "Men det är något jag helst inte pratar om."

Angelo lade försiktigt handen på hennes axel. "Förlåt, jag borde inte ha frågat."

Naomi ryckte på axlarna och försökte le. "Det är okej. Vi har alla saker vi helst vill glömma."

Angelo nickade och lät ämnet falla. Istället återgick de till att prata om lättare ämnen. Naomi kände en tacksamhet över Angelos respekt för hennes gränser och visste att hon kunde lita på honom.

När samtalet började avta och tystnaden kändes obekväm, tog Naomi ett djupt andetag. "Jag tror jag ska sätta mig och måla en stund innan det blir för mörkt. Jag måste ju börja på målningen till Vestas retreat."

~ * ~

Det var tidig fredagsmorgon, solen höll precis på att klättra över horisonten och kastade ett gyllene sken över den stilla förorten. Fågelsång blandades med det avlägsna ljudet av bilar på väg till jobbet. Pontus och Naomi stod redan ute på uppfarten, bredvid Pontus grå Volvo XC60. Pontus hade motorn i gång och såg lite bekymrad ut medan han betraktade Naomi som kämpade med att få in sina målargrejor i bilen.

Naomi svettades lätt när hon försökte manövrera sin stora canvasväska full med penslar och färger in genom bakluckan. "Pontus, kan du inte bara ta bort en av trummorna? Det finns knappt plats för min målning."

Pontus suckade och hjälpte henne med ett leende. "Jag vet, men det var ju Vestas idé att ha med mina instrument. Kanske kan vi få in allt om vi omorganiserar lite. Här, låt mig fixa detta."

Efter en stunds kämpande lyckades de till slut få in Naomis målning, inlindad i bubbelplast, och resten av hennes grejer i bilen, även om det krävde en hel del pusslande. Naomi pustade ut och såg på sitt konstverk som nu låg säkert i bagaget.

"Redo för en helg av avkoppling?" frågade Pontus med ett försök till ett leende.

Naomi log tillbaka, trots svetten. "Mer än redo. Jag hoppas bara att Angelo inte har lastat på sig för mycket fika från jobbet."

De körde genom staden mot det lilla kaféet där Angelo skulle möta dem. Angelo stod redan där, hans korta figur knappt synlig genom kaféfönstret, iklädd en rutig skjorta och böljande beige linnebyxor. Han vinkade glatt när han såg bilen närma sig.

Pontus stannade vid trottoarkanten och Angelo kom ut, bärandes på en stor korg full med alla möjliga godsaker. "Hallå där, mina vänner!" ropade han och skyndade fram till bilen. "Här har ni fika för hela helgen."

Naomi öppnade bakluckan och hjälpte Angelo med korgen. "Hej Angelo! Du har verkligen slagit på stort den här gången."

Angelo skrattade. "Jag tänkte att vi ska ha det riktigt mysigt. Och lite extra fika skadar ju aldrig."

Med fikan på plats och bilen nu ännu mer fullpackad, satte de av mot Vestas retreat, en plats undangömd djupt inne i skogen. Vägen slingrade sig fram genom det täta lövverket och små gläntor med vildblommor. Vestas lokal låg i ett stort hus inbäddat i ett nästintill orört landskap. Hon hade hyrt det av en familj för längesedan, och det var perfekt för hennes behandlingar och retreathelger. Människor brukade åka därifrån berörda för en lång tid framöver.

När de anlände, steg de ur bilen och sträckte på benen. Den friska skogsluften fyllde deras lungor och de kunde se skymten av en stor, blank sjö i närheten. Huset låg inbäddat i grönskan, ett mysigt bohemiskt hus med tillhörande sovstuga, dekorerat med färgglada lyktor och handgjorda träskyltar.

Pontus såg sig omkring. "Det här stället ser rätt ok ut. Det kan ju funka en helg, även om jag fortfarande är lite skeptisk inför det här."

Naomi lade en hand på hans axel och log. "Ge det en chans, Pontus. Det kommer bli underbart."

De hann precis börja bära in sina saker när ett välbekant, mullrande motorljud hördes. En liten, gul "bubbla" kom rullande uppför grusvägen, så fylld med saker att den såg ut att sprängas vilken sekund som helst. Vesta klev ut ur bilen, lika strålande som alltid. Hennes eldröda hår var uppsatt i en slarvig knut och hon bar ett par färgglada leggings till den sandfärgade tunikan som böljade när hon gick. Allt matchade hennes energiska personlighet perfekt.

"Hallå där, mina vänner!" ropade hon och vinkade glatt. "Jag hoppas ni är redo för en oförglömlig helg!"

Pontus, Naomi och Angelo skrattade och vinkade tillbaka. "Vi har längtat!" svarade Naomi.

De hjälptes åt att tömma Vestas bil, som visade sig innehålla allt från yogamattor till hemlagade syltburkar. Naomi kämpade lite med att få ut sin stora målning, men med lite hjälp från Angelo fick de till slut in den i huset.

Vesta ledde dem in i huset och visade runt. Det var en mysig plats med träväggar, stora fönster, en öppen spis och rejäla träbjälkar i taket. Doften av nyhugget trä och färska blommor fyllde luften. Naomi placerade försiktigt sin målning mot en av väggarna, där det mjuka solljuset kunde fånga dess färger.

När de äntligen slagit sig ner vid köksbordet med en kopp te var alla fortfarande uppfyllda av förväntan. "Så, vad ska vi göra först, Vesta?" frågade Angelo.

Vesta log hemlighetsfullt. "Det får ni se snart nog. Men jag kan lova att hela helgen kommer bli en upplevelse ni sent kommer att glömma."

De utbytte glada blickar och fortsatte prata om vad som väntade dem. Medan morgonen övergick till förmiddag, kunde de känna hur helgens äventyr långsamt började ta form, och spänningen bara växte.

Efter en stunds avslappning i det mysiga huset, började fler människor anlända till platsen. Förutom Pontus, Naomi, Angelo och Vesta, skulle fem nya deltagare ansluta sig, alla utan någon tidigare erfarenhet av retreat. Dessutom skulle Mia Linn, deras kock för helgen, se till att alla fick njuta av utsökt mat.

Först anlände Ester, en advokat från stan. Hon steg ur sin bil, lite osäker men med en beslutsamhet i blicken. Hennes ljusa hår var uppsatt i en stram knut, och hon bar en enkel men elegant klänning. Trots sitt professionella yttre visade hon en önskan om att släppa kontrollen och utforska något nytt.

"Hej allihop", sa Ester nervöst och försökte le. "Jag heter Ester och är lite nervös men ser fram emot att vara här." Ester hälsade på Naomi, Pontus och Angelo med ett fast handslag.

"Välkommen, Ester", sa Vesta med ett varmt leende. "Det här kommer bli en fantastisk upplevelse för oss alla."

Nästa person att anlända var Markus, en IT-specialist som såg ut att vara lika hemma vid en datorskärm som han nu försökte vara i skogen. Han hade kort, ljusbrunt hår och pösiga harembyxor samt en t-shirt med ett subtilt teknologiskt tryck. Markus var lite skeptisk men nyfiken på vad helgen skulle erbjuda, och han var glad över att ha lämnat sitt kontor.

"Hej", sa Markus med en osäker vinkning. "Mitt namn är Markus, jag har aldrig gjort något sådant här förut."

"Det har vi heller inte", sa Pontus, vilket fick Markus att le lite mer avslappnat. "Det tilltalade mig väldigt mycket dock", fortsatte Markus. "Jag ser fram emot vad denna helg kan ge."

Efter Markus sladdade Love in med sin lilla Fiat. Love såg lika färgglad och energisk ut som Vesta när han gjorde hoppsasteg fram till de andra deltagarna, iklädd en böljande tunika med tillhörande byxor i färgglada mönster.

Love var en passionerad och kreativ person som var med i stadens lilla teatergrupp "Teater Hamlet". När Vesta frågade honom om deltagande under helgen hade han blivit väldigt glad och förväntansfull. Det var en chans för honom att koppla av och kanske hitta ny inspiration till sina kommande teaterprojekt.

"Tjena gänget! Love heter jag och jag ser fram emot att dela denna härliga helg med er härliga människor", log Love när han ställde ifrån sig sin packning.

"Hjärtligt välkommen, Love", log Vesta tillbaka och gav honom en vänskaplig klapp på axeln.

Efter Love kom Valeria, en vacker, nästan älvlik medelålders kvinna med långt, mörkt, halvlockigt hår som slutade vid ryggslutet, intensiva gröna ögon och en lugn och eftertänksam utstrålning. Hon arbetade till vardags som yogainstruktör, men trots år av erfarenhet i att vägleda andra och yogan i blodet var Valeria alltid öppen för nya upplevelser. Helgen var perfekt för henne, ett sätt att jorda sig ordentligt och kanske få nya insikter både för sig själv och sina elever där hemma.

"Namaste, vänner. Valeria heter jag", sa hon med en lugn stämma. "Jag ser mycket fram emot denna retreathelg. Detta ställe verkar fantastiskt", fortsatte hon.

Slutligen kom Clara, en nyutbildad sjuksköterska som såg fram emot en paus från sitt hektiska arbetsliv. Hon hade axellångt, mörkblont hår och bar bekväma, praktiska kläder. Clara såg sig omkring med stora ögon, tydligt imponerad av den vackra omgivningen.

"Hej allihop, jag heter Clara! Det här stället är fantastiskt", sa Clara och tog ett djupt andetag av den friska luften.

"Välkommen Clara", sa Vesta. "Vi är glada att du är här."

Sist men inte minst anlände Mia Linn, deras kock för helgen. Hon var en karismatisk kvinna i fyrtioårsåldern med ett smittande leende. Hennes sandfärgade hår var uppsatt i en praktisk knut och hon hade på sig en färgglad, blommig kockjacka. Mia Linn hade med sig en stor kylväska och en trälåda fylld med färska örter och grönsaker från hennes egen trädgård.

"Hej alla! Jag heter Mia Linn och är er kock för helgen. Jag hoppas ni är hungriga, för jag har massor av god mat planerad för er", sa Mia Linn entusiastiskt.

"Det ser vi verkligen fram emot", sa Angelo med ett stort leende.

Vesta välkomnade alla med öppna armar. "Så roligt att ni alla kunde komma! Nu när vi är här, låt oss ta en rundtur och sedan samlas vi för att prata om helgens planer."

Hon ledde dem runt i huset och den tillhörande sovstugan. De båda byggnaderna var vackert inredda med naturmaterial och färgglada blommor för helgen.

Det fanns en stor samlingssal i huvudbyggnaden med kuddar och mattor utspridda på golvet, och en liten scen i hörnet för uppträdanden eller workshops.

Pontus, fortfarande lite skeptisk men nyfiken, packade upp sina instrument i hörnet av samlingssalen. Hans gitarr och några handtrummor skapade en musikalisk oas som kontrasterade med Naomis färgglada konsthörna.

När alla hade installerat sig samlades de utanför huset för att ta del av den fantastiska utsikten. Solen hade börjat gå ner på himlen, och ljuset dansade genom lövverket och skapade ett vackert mönster på marken.

"Så, vad är planen?" frågade Markus och såg på Vesta.

Vesta log hemlighetsfullt. "Vi börjar med en gemensam måltid och sen får ni mingla med varandra. Imorgon är det dags för den första aktiviteten. Jag vill inte avslöja för mycket än, men jag kan lova att det kommer bli berörande."

Medan gruppen småpratade och njöt av naturen, kunde de känna en gemenskap växa fram. Alla var där för att uppleva något nytt, och kanske hitta en bit av sig själva i den lugna skogen. Helgen hade bara börjat, men förväntan och glädje var redan påtaglig.

~ * ~

Lördagsmorgonen grydde med en klarblå himmel, men inne i den stora salen rådde ett mjukt, dämpat ljus. En känsla av förväntan låg i luften när deltagarna började samlas i den vackra meditationssalen efter en stärkande och färgglad frukost som Mia Linn hade bjudit på.

I mitten av rummet låg Naomis senaste konstverk: en storslagen målning av Moder Jord, vars färger och former tycktes pulsera av liv. Kring konstverket hade Vesta markerat en cirkel med blommor, stenar och ljus, och det var här deltagarna nu lade sig bekvämt runtomkring, beredda att påbörja morgonens ceremoni.

Meditationssalen var fylld med mjukt ljus som filtrerades genom stora fönster, och doften av färska blommor fyllde luften. Vesta stod vid cirkelns norra punkt, klädd i en lång, flödande klänning som rörde sig lätt när hon rörde sig. Hon höjde händerna mot taket, och hennes röst bar en tydlig och lugn auktoritet när hon började tala.

"Jag öppnar denna cirkel i kärlek och ljus", sa hon och lät sina händer långsamt sänka sig. "Vi åkallar alla väsen, förfäder, hjälpare och guider att vara med oss idag. Må deras närvaro stärka och stödja oss när vi nu går in i en djup meditation för att släppa taget om det som inte längre tjänar oss."

Deltagarna låg tysta på mattorna runt om cirkeln och lyssnade när Vesta fortsatte. Hennes ord bar med sig en vibrerande energi som kändes i hela rummet. En efter en började de stänga ögonen och låta sig föras med av hennes lugna stämma.

"Andas djupt", instruerade Vesta. "Känn hur luften fyller era lungor och släpp sedan ut alla spänningar med varje utandning. Föreställ er en ljuskälla ovanför er, ett varmt och starkt ljus som sakta sänker sig ner och fyller er kropp. Låt ljuset fylla varje del av er, varje cell i er kropp, och släpp det som inte längre tjänar er."

Den kollektiva energin i cirkeln började stiga. En varm känsla av ljus och lättnad spred sig genom var och en av deltagarna. För många av dem var detta en välkommen känsla av frigörelse, men för andra, som Pontus, var det en utmanande upplevelse.

Pontus hade varit skeptisk till hela ceremonin. Han hade alltid haft svårt att tro på andlighet och meditation. Men när

Vestas ord började resonera djupare inom honom, hände något oväntat. En våg av känslor som han länge hade tryckt undan vällde upp till ytan. Han kände sig överväldigad, och hans kropp reagerade kraftigt.

Först kom tårarna, sedan vred han sig i vrede. Han började slå i luften och tappade kontrollen över sin kropp. Hans utbrott störde den annars så fridfulla atmosfären i cirkeln, men ingen öppnade ögonen. De andra deltagarna, som också upplevde starka känslor, förblev djupt i sin meditation och följde Vestas lugnande instruktioner.

Vesta, med sin skarpa intuition, märkte snabbt vad som hände. Hon gick långsamt fram till Pontus, utan att bryta den lugnande rytmen i sin röst som fortfarande ledde resten av deltagarna. Hon lade varsamt sin hand på hans axel och lät sin energi flöda in i honom.

"Släpp taget, Pontus", viskade hon mjukt men bestämt. "Känn hur ljuset fyller dig, hur det rensar bort all smärta och ilska. Du är trygg här."

Sakta men säkert började Pontus att lugna ner sig. Hans andning blev jämnare, och hans kropp slutade att skaka. Tårarna fortsatte att rinna, men nu var de av lättnad snarare än av frustration.

Vesta fortsatte att leda meditationen, och energin i cirkeln blev än starkare. De andra deltagarna, som först hade varit oroliga, började återigen fokusera inåt och kände den kollektiva kraften som nu var ännu mer intensiv och helande.

När meditationen närmade sig sitt slut, satt Vesta tyst i några minuter och lät alla landa i sina upplevelser. Sedan öppnade hon långsamt sina ögon och såg på gruppen med ett varmt leende.

"Tack för att ni delade denna stund med mig", sa hon mjukt. "Vi har släppt taget om det gamla, och nu välkomnar vi nytt ljus och kärlek in i våra liv."

Deltagarna reste sig långsamt, sträckte på sig och kände efter hur mycket lättare de kände sig. Pontus låg kvar en stund till, fortfarande tagen av sin upplevelse. När han till slut reste sig, mötte hans ögon Vestas. Han nickade tyst, och Vesta svarade med ett förstående leende.

Meditationen var över. I det dunkla ljuset i salen såg Vesta upp från sin plats och log vänligt mot gruppen. Hennes röst var mjuk och inbjudande.

"Om någon vill dela sin upplevelse, är ni varmt välkomna att göra det", sa hon. "Men det är inget måste. Känn er fria att bara vara i era känslor om det känns bäst så."

Pontus slöt ögonen om vartannat. Något kändes annorlunda. Något djupt inombords hade rörts upp under meditationen. Han försökte förstå vad det var, men orden räckte inte till.

Naomi, som satt bredvid honom, iakttog honom noggrant. Hon märkte hur hans ansikte speglade en inre kamp.

"Hur mår du, Pontus?" frågade hon försiktigt.

Han öppnade ögonen och såg på henne, men svarade inte. Han visste inte hur han skulle beskriva vad som hänt. När de andra deltagarna reste sig för att ta en paus, gå på toaletten och dricka vatten, stannade han kvar i rummet. Naomi gav honom ett sista oroligt ögonkast innan hon gick i väg.

Pontus reste sig långsamt och gick fram till Vesta, som höll på att ställa undan några mattor.

"Vesta, kan vi prata en stund?" frågade han.

Hon nickade och de satte sig ner i ett hörn av rummet, lite avskilt från resten av gruppen.

"Vad var det som hände under meditationen?" började Pontus. "Jag kände en så stark känslostorm. Jag förstår inte riktigt vad det betyder."

Vesta log lugnande. "Det är helt naturligt att uppleva starka känslor under meditation", sa hon. "Ibland frigörs känslor och minnen som vi inte ens visste att vi bar på. Det kan vara en del av en djupare läkningsprocess."

Pontus nickade, men hans ansikte visade fortfarande tecken på förvirring. "Men varför nu? Jag har gjort avslappning förut, men aldrig upplevt något liknande."

"Det kan vara så att du är redo att möta och bearbeta dessa känslor nu", svarade Vesta. "Kanske är du på en plats i ditt liv där du är mer öppen och mottaglig för att ta itu med dessa saker."

Han suckade och tittade ner på sina händer. "Jag har alltid varit skeptisk till allt det här. Men nu... det här var så verkligt."

"Det är okej att vara skeptisk", sa Vesta. "Men kanske kan du se det som en möjlighet att utforska en ny del av dig själv. Du behöver inte förstå allt just nu. Det viktiga är att du är öppen för att känna och uppleva."

Pontus kände en viss lättnad. Han var fortfarande berörd, men något inom honom hade börjat skifta. Han tackade Vesta och de reste sig precis när de andra deltagarna började komma tillbaka till salen.

När alla hade satt sig igen, ställde sig Vesta framför gruppen och förklarade den nya aktiviteten. "Nu ska vi gå vidare till en övning där vi jobbar med kroppens rörelse och andning", sa hon. "Det är ett sätt att integrera de insikter och känslor vi kanske har fått under meditationen. Så ställ er upp, här krävs att hela kroppen är med. Pontus kan du vara snäll och sätta dig vid dina instrument och hjälpa oss i denna frigörande dansaktivitet?"

Pontus satte sig bekvämt vid sina handtrummor försökte fokusera på övningen. Hans sinne var fortfarande upptaget av vad som hänt, men han kände en känsla av trygghet. Han visste att det var något han var tvungen att ta itu med, alla känslor som bubblat upp och det var helt nytt for honom.

Bakom instrumenten var han dock trygg, där kunde han förlora sig till tonerna och rytmerna så också denna gång.

Han var mest tacksam över att han slapp deltaga och kunde hämta andan och se alla andra ge sig hän i musiken.

Trummorna vilande mellan hans ben, och Pontus såg hur rummet förändrades. Den stilla cirkeln löstes upp till något mer levande, mer flytande. Människor började röra sig fritt, långsamt först, som om de lyssnade inåt efter en impuls.

Han lyfte händerna och lät dem möta skinnet. Ett första slag, djupt och mjukt. Sedan ett till. Rytmen växte fram som en puls, en inbjudan snarare än en instruktion. Han spelade inte för att styra, utan för att hålla – som en trygg botten där de andra kunde släppa taget.

~ * ~

Rytmen från trummorna var nu stadig och fyllde rummet med sina djupa toner. Vesta satte på en mjuk bakgrundsmusik som harmoniserade med trummornas slag.

"Släpp loss och låt er kropp röra sig till musiken", uppmanade Vesta. "Känn rytmen och låt den leda er."

Pontus kände värmen från rummet omkring sig när de andra deltagarna började röra sig. Han såg Naomi, som rörde sig lika graciöst som vinden över golvet. Hennes rörelser var flytande och fria, och hon hade ett varmt leende på läpparna, trots att hon verkade djupt inne i sina känslor. Hennes dans var som en dialog med musiken, varje rörelse ett svar på rytmen från hans trummor.

I kontrast till Naomi var Angelo lite stel i början. Han verkade osäker och försiktig, men efter en stund började han hitta sin rytm och känsla. Hans rörelser blev mjukare och mer flytande, och han tillät sig att släppa taget och låta kroppen tala.

Pontus kände en ny form av samhörighet med de andra deltagarna. Hans trummor var hjärtat av rummet, och varje slag verkade förena dem i en gemensam upplevelse.

Vesta rörde sig mellan dem, hennes egna rörelser lika fria och uttrycksfulla. Hennes närvaro verkade inspirera dem alla att våga släppa loss ännu mer.

Efter en stund ledde Vesta dem in i en dansmeditation till Pontus trummande och böljande bakgrundsmusik som harmoniserade fantastiskt. "Låt musiken förstärka era känslor", sa hon med en mjuk röst. "Känn hur varje rörelse frigör det som finns inuti er."

Pontus kände musiken och rytmen genom hela sin kropp. Han lät sina händer röra sig över trummorna med en ny intensitet, svarande på känslorna i rummet. Värmen omkring honom kändes som en fysisk närvaro, och han märkte hur han själv började förlora sig i musiken.

Naomi snurrade förbi honom, ögonen slutna och ett leende på läpparna. Hennes rörelser var så naturliga och vackra att Pontus kände en våg av beundran. Angelo dansade också med större frihet nu, hans stelhet helt borta.

När dansmeditationen nådde sin höjdpunkt, kände Pontus en djup kontakt med alla i rummet. Musiken och trummornas rytm hade fört dem samman på ett sätt som ord aldrig kunde. När Vesta slutligen signalerade att det var dags att avsluta, saktade Pontus ner sina trummor tills de sista tonerna dog ut.

Deltagarna stannade upp och stod tysta för ett ögonblick, andades djupt och känslomässigt berörda. Vesta log mot dem alla, hennes ögon fulla av värme och förståelse.

"Tack för att ni delade er energi och era känslor", sa hon mjukt. "Denna stund har varit magisk, tack vare er alla."

Pontus satte ner sina trummor och kände en djup tacksamhet för upplevelsen. Han visste att han aldrig skulle glömma denna stund av frigörande dans. Det var en mäktig upplevelse, och han var imponerad av Vestas kunskap och visdom när det gällde aktiviteterna.

Det var en mycket annorlunda upplevelse från det liv han levde där hemma och hade växt upp med. Detta var en helt ny värld för honom, men han var glad över att kunna delta i något sådant här och komma i kontakt med sina känslor.

Efter den intensiva frigörande dansen och dess efterklang av tystnad, kände sig alla deltagarna både fysiskt och känslomässigt tömda. Men nu var det dags för lunch, och en doft av nygjord mat lockade dem alla mot matsalen.

Matsalen var en ljus och luftig plats, belägen i ett rum intill meditationssalen. Stora fönster släppte in solljus som spelade över de rustika träborden, dekorerade med färska blommor i små vaser. En lång buffé var uppställd längs en vägg, fylld med färgglada och doftande rätter som fick munnarna att vattnas.

Mia Linn stod bakom buffén och välkomnade alla med ett varmt leende. Hon hade arbetat hårt för att förbereda en växtbaserad festmåltid som inte bara skulle mätta, utan också glädja ögat och själen.

"Välkomna, allihop!" sa hon med en glädjestrålande röst. "Jag hoppas ni ska njuta av dagens lunch. Vi har en rad olika rätter som jag hoppas ska passa allas smaker."

Buffén var en explosion av färger och dofter. Det fanns en krämig butternutsoppa, garnerad med rostade pumpafrön och en skvätt kokosmjölk. En stor skål med quinoa- och avokadosallad med granatäpplekärnor, koriander och en lime- och chili-dressing stod bredvid. Det fanns också en rik, italiensk grönsaksgryta med aubergine, zucchini, paprika och tomater, serverad med det allra finaste surdegsbrödet som Angelo tagit med sig. Vid sidan av huvudrätterna fanns flera små rätter och tillbehör: marinerade oliver, hummus i olika smaker, picklade grönsaker och en färgglad rödbetssallad med apelsin och valnötter.

För de som ville ha något sött, hade Mia Linn gjort raw food brownies med valnötter, Angelos oemotståndliga växtbaserade "sticky buns" och en fräsch fruktsallad med mynta stod också på bordet.

Pontus fyllde sin tallrik med en blandning av allt och satte sig vid ett av de solbelysta borden. Han kunde känna den varma atmosfären i rummet, förstärkt av både matens dofter och de avslappnade samtalen som bubblade upp runtomkring honom.

Naomi satte sig mittemot honom, hennes ögon fortfarande glittrande av glädje från dansen. "Wow, vilken färgexplosion! Det ser otroligt gott ut", sa hon och log brett.

"Verkligen", svarade Pontus och tog en sked av pumpasoppan. "Jag kan inte minnas när jag åt något så färgstarkt och doftande senast. Det här slår verkligen spagetti med korv."

Angelo anslöt sig också till bordet, hans ansikte avslappnat och tillfredsställt. "Den där quinoasalladen är fantastisk", kommenterade han och tog en stor tugga.

"Jag trodde aldrig att jag skulle njuta så mycket av en helt växtbaserad måltid."

Mia Linn gick runt i rummet, såg till att alla hade vad de behövde och tog emot komplimanger med ödmjukhet. Hon verkade stråla av glädje över att se deltagarna njuta av maten.

"Det är så härligt att se er alla uppskatta måltiden", sa hon när hon kom fram till deras bord. "Maten är inte bara näring för kroppen, utan också för själen."

Pontus kände sig mer och mer hemma i denna oas av lugn och gemenskap. De senaste dagarnas upplevelser hade börjat rucka på hans skeptiska hållning och öppnat hans sinne för nya intryck och känslor. Medan han åt och pratade med de andra, insåg han att denna retreathelg redan hade börjat förändra honom på djupet.

Efter lunchen, när alla började dra sig tillbaka för en stunds vila, stannade Pontus kvar vid bordet ett ögonblick längre. Han satt djupt försjunken i sina tankar och kände fortfarande efterdyningarna av dansens frigörande energi och den närande lunchen.

Vesta kom fram till honom och satte sig bredvid. Hennes närvaro var lugnande, och hon lade en hand på hans arm.

"Hur är det, Pontus?" frågade hon mjukt.

Pontus tittade upp och mötte hennes blick. "Det är... bra, tror jag. Det har varit en intensiv förmiddag. Mycket att ta in och bearbeta."

Vesta nickade förstående. "Det är helt normalt. Sådana upplevelser kan vara både utmattande och upplyftande. Men det är också en möjlighet att lära känna sig själv på ett djupare plan."

Hon tog fram ett litet anteckningsblock och en penna och räckte dem till Pontus. "Här är en övning i självreflektion som du kan göra. Skriv ner dina tankar och känslor från dagens aktiviteter. Försök att vara så ärlig som möjligt med dig själv."

Pontus tog emot blocket och pennan. "Vad ska jag skriva om?"

"Fråga dig själv vad som kom upp under meditationen och dansen. Vad kände du? Vad tänkte du? Finns det några minnen eller känslor som behöver uppmärksammas? Och fundera på hur du kan fortsätta att släppa på stagnerad energi när du är hemma."

Hon log uppmuntrande. "Du kan också göra övningar för att släppa energi. Ett bra sätt är att dansa eller röra sig fritt till musik, precis som vi gjorde idag. Det hjälper att frigöra känslor som kan ha fastnat i kroppen."

Pontus nickade och började känna sig lättare till mods.

"Tack, Vesta. Jag ska försöka."

Efter att ha tagit en stund för sig själv, skrev Pontus ner sina tankar och känslor i blocket. Det kändes befriande att sätta ord på det som virvlade inom honom.

~ * ~

När vilopausen var över, samlades deltagarna återigen i den stora salen. Denna gång var det dags för Naomis kreativa workshop: "Måla från hjärtat."

Salen hade förvandlats till en konststudio med stafflier, dukar, penslar och färgtuber utspridda överallt. Mjukt ljus strömmade in genom stora fönster och skapade en inspirerande atmosfär. Naomi stod framme vid ett av stafflierna, redo att vägleda gruppen genom en ny kreativ process.

"Välkomna tillbaka", sa hon med ett varmt leende. "I den här workshopen ska vi utforska våra känslor genom färg och form. Det spelar ingen roll om ni anser er vara konstnärer eller inte. Det viktigaste är att ni målar från hjärtat."

Pontus kände en förväntan stiga inom sig. Han hade aldrig sett sig själv som en konstnär, men något med Naomis uppmuntrande ord fick honom att vilja prova.

Deltagarna spred ut sig i rummet och började välja sina dukar och färger. Naomi satte på mjuk, instrumental musik i bakgrunden, och ljudet av penslar som doppades i färg och ströks mot dukarna fyllde luften.

Pontus stod framför sin duk, osäker på var han skulle börja. Han tog ett djupt andetag och försökte minnas Vestas ord om att vara ärlig mot sig själv. Han slöt ögonen för ett ögonblick och tänkte på morgonens meditation, dansen och känslorna som hade bubblat upp.

När han öppnade ögonen igen, började han röra penseln över duken. Först trevande, sedan med större säkerhet. Han lät färgerna tala för sig själva, varje penseldrag ett uttryck för det som rörde sig inom honom.

Naomi gick runt i rummet och gav små uppmuntrande kommentarer. "Bra, låt känslorna flöda", sa hon till Pontus när hon passerade honom. "Tänk inte för mycket, bara måla."

Pontus började förlora sig i processen. Han såg hur Naomi rörde sig graciöst runt rummet, hennes egen duk fylld med starka, levande färger. Hon hade ett varmt leende på läpparna, men han kunde också se att hon var djupt inne i sina egna känslor.

Angelo, som stod vid ett staffli bredvid honom, hade först kämpat med att få något på duken. Men efter en stund verkade han släppa sina hämningar och måla med större frihet. Hans verk var mer strukturerat och geometriskt, men ändå fullt av känsla.

Tiden flög förbi, och när Naomi slutligen bad dem att avsluta och samlas, kände Pontus en djup tillfredsställelse. Han såg på sin egen målning med en nyfikenhet och stolthet. Den var inte perfekt, men den var hans egen, ett uttryck för hans inre värld.

Naomi samlade alla i en cirkel igen och bad dem dela sina upplevelser, om de ville. "Det är inte resultatet som är viktigt, utan processen och vad ni kände medan ni målade", påminde hon dem.

Pontus kände en värme sprida sig inom sig. Han hade tagit ytterligare ett steg i sin resa, och han visste att detta bara var början.

Några deltagare stod upp och delade med sig av sina målarupplevelser. Clara berättade om hur hon kände en inre frid när hon valde sina färger och kunde helt och hållet förlora sig i sin tavla. Markus beskrev hur han använde sin målning för att uttrycka sorg som han inte visste att han bar på, och han hade blivit överraskad över hur stark upplevelsen hade blivit för honom.

Ester hade aldrig kunnat känna sig så fri som när hon lät penseln dansa över målarduken och hade fått en stark upplevelse av workshopen.

Deras berättelser var djupa och personliga, och det var tydligt att alla hade tagit något värdefullt med sig från workshopen.

Efter att ha lyssnat på de andra deltagarnas berättelser, kände Pontus en ödmjukhet inför målningens kraft. Det var som om penseln hade hjälpt dem alla att öppna nya dörrar inom sig själva.

När workshopen avslutades, kom Naomi och Angelo fram till honom med leenden på läpparna.

Naomi ställde sig bredvid Pontus och lade en hand på hans arm. "Hur känner du dig efter workshopen, Pontus?"

Pontus log mjukt tillbaka. "Det var verkligen en ögonöppnare. Jag kände verkligen hur jag kunde uttrycka något inom mig med färgerna. Det var en ny upplevelse för mig."

Angelo nickade instämmande. "Ja, jag trodde inte att jag skulle kunna skapa något som betydde så mycket för mig på så kort tid."

Naomi log glatt. "Det är precis vad det handlar om, att låta konsten vara ett sätt att förstå och utforska våra egna känslor. För mig är konst mer än färg och form; det är en känsla som skapas och får uttryckas när man drar penseln över duken, nästan som magi."

Atmosfären i salen var mjuk och vänlig, fylld av en känsla av samhörighet och ömsesidig respekt för varandras resor. Doften av färg och dukar hängde kvar i luften, påminnande om den kreativa energi som hade flödat genom rummet tidigare.

När dagen började närma sig sitt slut, hade deltagarna fri tid att spendera på egen hand eller i sällskap med varandra. Vesta hade dragit sig tillbaka till sin lilla vrå av huset för att planera morgondagen, och Mia Linn hade börjat förbereda middagen.

Pontus, Naomi och Angelo bestämde sig för att ta en promenad ner till den lilla sjön som låg en kort bit från retreatcentret.

Solen började sakta sjunka ner mot horisonten och målade himlen i varma nyanser av orange och rosa. Trädens löv skapade ett skuggspel på stigen när de följde den ner mot vattnet. Det var tyst och fridfullt, bara ljudet av fåglar och vinden i trädkronorna som ackompanjerade deras steg.

Vid sjön stannade de och lät sig själva dras in i den stillhet som bara naturen kan erbjuda. Vattnet låg lugnt framför dem och speglade himlens färger som en målning i sig själv.

"Det här är precis vad jag behövde", sa Pontus medan han lät blicken svepa över den spegelblanka ytan.

Naomi nickade medan hon tog in allt vackert. "Naturen har en särskild förmåga att lugna sinnet och öppna upp för nya perspektiv."

Angelo, som hade suttit på en sten vid vattnet, log. "Ja, det är verkligen en unik upplevelse att få vara här och bara vara. Jag känner mig redan mer centrerad än jag var när jag kom hit."

De tre delade en tystnad en stund, bara njöt av varandras sällskap och närvaron av naturen runt omkring dem. Det var som om varje ögonblick bidrog till deras personliga resor på retreatet.

Efter en stund bestämde de sig för att återvända till huset för middagen. Medan de gick tillbaka längs stigen, fortsatte de att prata om sina upplevelser och reflektioner från dagen.

"Jag ser verkligen fram emot fortsättningen på helgen", sa Pontus med en känsla av förväntan. "Jag känner redan att det har förändrat min syn på så många sätt. Det har öppnat mig på sätt som jag inte trodde var möjligt. Vad som hänt kan jag inte sätta ord på mer än att det varit en jädra resa hittills."

Naomi nickade. "Det är nog precis vad det handlar om. Att låta oss öppna upp för förändring och tillväxt, att inte bry oss om vad andra runt omkring oss tycker och tänker, att bara hänföra oss till det som sker."

Angelo log. "Jag är glad att vi alla valde att vara här."

Efter den stillsamma promenaden vid sjön kom de tre fram till huset igen. När de närmade sig matsalen hörde de skratt och glada röster från deltagarna som samlats för kvällsmaten. När de steg in i rummet såg de Vesta vid ett av borden, omgiven av de andra deltagarna som tydligt pratade om dagens händelser.

Vesta vände sig mot dem när de närmade sig och hennes ansikte lystes upp av ett stort leende. "Hej där! Hur har ni haft det på er utflykt till sjön?"

Pontus log tillbaka och svarade, "Det var underbart, verkligen lugnande och vackert." Han förundrades över hur Vesta alltid visste.

Naomi fyllde i, "Ja, det var precis vad vi behövde efter en så intensiv dag."

Vesta nickade och vände sig sedan till Naomi med en blick av uppskattning. "Jag hörde att din måleriworkshop var en stor hit idag, Naomi. Deltagarna verkar ha fått mycket ut av det."

Naomi rodnade lite men var uppenbart glad över Vestas beröm. "Tack, Vesta. Det känns verkligen bra att få dela min passion för konst med andra och se hur det påverkar dem på så många sätt."

"Du är verkligen en fantastisk workshop-ledare", fortsatte Vesta. "Det är så viktigt att ge deltagarna verktyg för självutforskning och personlig tillväxt, och du lyckades verkligen göra det idag."

Angelo nickade instämmande. "Ja, det var verkligen en ögonöppnare för mig. Jag visste inte att jag kunde skapa något så personligt på så kort tid."

Vesta log varmt. "Jag ser verkligen potential i dig, Naomi, och jag skulle gärna vilja föreslå något. Din måleriworkshop kompletterar våra andra aktiviteter här, och ditt sätt att skapa trygghet och en stark upplevelse för deltagarna är något jag värdesätter högt. Skulle du vilja fortsätta att hålla workshops här med mig när det passar?"

Naomi rodnade och såg häpen ut. "Ja... alltså, va, vad händer? Vill du att jag ska hålla workshops här... Självklart! Jag älskar att dela med mig av min passion för måleri och skapande."

Både Pontus och Angelo gratulerade Naomi med leenden.

Vesta reste sig upp. "Ja, då är det bestämt. Vi får prata vidare om upplägget och sådant praktiskt senare. Nu är det dags för middag", log Vesta.

Mia Linn hade förberett en måltid som skulle bli minnesvärd för alla. Matsalen var vackert upplyst av levande ljus som skapade en varm och inbjudande atmosfär. Bordet var smakfullt dukat med vita linnedukar och eleganta servetter. På mitten av varje bord stod arrangemang av fräscha blommor från trädgården utanför, vilket bidrog till en naturlig och avslappnad känsla. Efter att ha arrangerat och burit ut all mat stod Mia Linn vid sidan av bufféen med ett brett leende på läpparna när deltagarna betrakta all den goda maten.

Dofterna som kom från köket var lockande och förde med sig en blandning av aromer som fick smaklökarna att längta. På bufféen fanns ett brett utbud av vegetariska rätter som återigen speglade Mia Linns passion för färsk och näringsrik matlagning. En sallad av färska grönsaker, där varje ingrediens såg ut att vara handplockad och varsamt skuren, glänste i solens sista strålar som letade sig in genom fönstren. Salladen var serverad med en lätt vinägrett som kompletterade smakerna utan att överväldiga dem.

Vid sidan av salladen stod en krämig och välsmakande rotfruktssoppa, smaksatt med örter som gav en känsla av tröst och värme. Den serverades med en skiva nybakat bröd, vars krispiga yta och mjuka inre lockade till att doppa det i soppan. För den som föredrog något annat fanns även spröda frökex.

Huvudrätten var en symfoni av färger och smaker. Den bestod av en variation av grönsaksrätter, tillagade på olika sätt för att ge en mångfacetterad smakupplevelse. Där fanns rostade rotfrukter med honung och timjan, grönkålschips med havssalt, pumpahummus, baba ganoush med grönsaksstavar, zucchinifritters, lila majstortillas och polentabitar med en krämig svampsås. En ugnsbakad aubergine fylld med kryddiga linser och toppad med en mild tomatsås var en stor favorit bland deltagarna.

Grönsaksrätterna var tillagade med precision för att bevara deras näringsämnen och smak. Mia Linn gick runt bland borden, erbjöd ett leende och stannade ibland till för att höra deltagarnas reaktioner på maten. Hennes passion för matlagning och omsorg om varje detalj var uppenbar i varje rätt hon hade skapat.

Pontus, Naomi och Angelo valde ett bord nära fönstret, där de kunde se solen sjunka ner bakom de avlägsna bergen och reflektera över dagens händelser medan de njöt av varje tugga av maten. "Det här är verkligen en fantastisk måltid", utbrast Angelo med eftertryck. Naomi nickade ivrigt. "Ja, varje rätt är som ett konstverk i sig. Mia Linns matlagning är verkligen en gåva." Pontus, som var en ung man av få ord, nickade också med ett leende. Under middagens gång delade de sina tankar och reflektioner med varandra.

Det var tydligt att dagens upplevelser hade berört dem alla på olika sätt, och middagen erbjöd en möjlighet att smälta intrycken och dela sina känslor. Efter att ha avslutat den läckra måltiden, beslutade de sig för att ta sig till stugan där de skulle tillbringa natten. Männen fick dela rum på ena sidan av stugan och kvinnorna på andra sidan.

Vesta hade bäddat med linne och dekorerat varje rum med färska blommor och rökelser. Atmosfären var avslappnande och behaglig, och det doftade underbart, precis vad gruppen behövde efter en dag fylld med frigörande aktiviteter. Det var tydligt att varje del av retreatet, från meditation och dans till konstworkshops och Mia Linns mat, hade en roll i att skapa en helande, transformerande och berikande upplevelse för dem alla.

Natten sänkte sig långsamt över skogen, som om mörkret varsamt svepte in träden och marken i ett tyst löfte om vila. Himlen började lysa upp av stjärnor medan vinden sakta dog ut och lämnade bara skogens dova andetag kvar.

I den enkla sovstugan låg alla deltagarna, omslutna av nattens stillhet, och lyssnade på naturens tysta viskningar.

Taket av trä knakade svagt när temperaturen sjönk, och från skogens djup hördes ljudet av en uggla. Ingen rörde sig; kropparna var tunga från dagens övningar, men sinnena var ännu vakna, dröjande kvar vid tankarna som väckts.

För vissa kändes det som om något inom dem börjat skifta, medan andra fortfarande var osäkra, famlande i den nya tystnaden. Det kändes bra att släppa taget om vardagens stress och möta sig själv. Varje andetag verkade djupare nu – varje tanke klarare. Till slut blev det helt tyst, helt lugnt.

Utanför sovstugan var nu natten stilla, med en tystnad så djup att den nästan kändes som ett täcke över världen. Månljuset silades ner mellan trädens svarta siluetter och målade marken i bleka, kalla nyanser.

Luften var krispig och fylld av dofter av fuktig jord, vildblommor och barrträd – så där som bara sommarnätter i naturen kan vara.

~ * ~

Söndagen grydde med ett stilla ljus som sipprade genom gardinerna och väckte deltagarna i en mjuk famn. Efter en helg fylld av introspektion och gemenskap var den sista retreatdagen kommen.

Klockan var knappt sju när gruppen samlades i matsalen för en sista gemensam frukost. Bordet var fyllt av färgstarka frukter, smoothies, ägg från Mia Linns gård, krispiga grönsaker, hembakat bröd från Angelos kafé och färska juicer – en fröjd för både öga och gom. Atmosfären var avspänd och varm, med ett sorl av lågmälda samtal och mjuka skratt. Solens första strålar letade sig in genom de stora fönstren och kastade ett gyllene sken över rummet, medan morgonens skuggspel skapade en mjuk kontrast.

Pontus skar långsamt upp en avokado och tog en klunk av sin gröna smoothie medan han lyssnade på samtalen runt omkring sig. Han kände sig ovanligt lätt, nästan som om något som tyngt honom hade lösts upp under helgen. Naomi satt mitt emot honom och iakttog honom med ett leende i ögonen. Utanför fönstren kunde de se trädens grenar vaja lätt i morgonbrisen, och fågelsången fyllde luften med en känsla av frid. Clara satt längre bort och tecknade något i sin anteckningsbok, ibland glimtade hennes ansikte av djup koncentration.

Efter frukosten samlades alla i meditationssalen igen. Rummet var inrett med mjuka kuddar och filtar i jordnära färger, och doften av lavendel och sandelträ spred sig från rökelse som brann i hörnen. Vesta stod redan där, väntande med ett lugnt leende och en öppen hållning som signalerade trygghet och värme. När alla hade satt sig till rätta på sina meditationskuddar, började hon tala med sin mjuka, lugnande röst.

"Idag ska vi börja med en kroppsscanning", sa hon. "Låt er själva sjunka ner i stunden och fokusera på ert andetag."

Hennes ord var som en stilla bris som svepte genom rummet, och varje ord verkade bära med sig en känsla av frid och närvaro. Deltagarna blundade och började följa hennes instruktioner, andades in djupt och långsamt, och kände hur spänningarna löstes upp med varje utandning. Utanför meditationssalen kunde de höra ljudet av vinden som susade genom träden och fåglarnas kvitter, vilket förstärkte känslan av att vara ett med naturen.

"Fokusera nu på era fötter", fortsatte Vesta. "Känn varje tå, varje liten muskel och led. Känn kontakten med golvet, jorden under plankorna, och låt alla spänningar smälta bort."

Långsamt ledde hon dem genom hela kroppen, från fötterna upp till huvudet. Hennes röst var stadig och rytmisk, och det var lätt att följa med. När kroppsscanningen var klar, övergick hon till en andningsmeditation.

"Fokusera nu enbart på ert andetag", sa hon. "Känn hur luften strömmar in genom näsan, fyller era lungor, och sedan hur den lämnar kroppen igen. Följ varje andetag, och låt tankarna få komma och gå utan att fastna vid dem."

Pontus slöt ögonen och tillät sig att helt sjunka in i meditationen. Han kände varje andetag som en våg som tvättade bort rester av stress och oro, och när meditationen var över öppnade han ögonen med en känsla av klarhet och tacksamhet.

De övriga deltagarna såg även de fridfulla och tillfreds ut när de en efter en öppnade ögonen. Vesta drog till sig deras uppmärksamhet genom att ringa i en liten klocka för att visa att de var tillbaka här och nu i rummet.

Därefter var det dags för skogsbad, något som alla såg fram emot. Vesta förklarade kort att de skulle gå ut i skogen, en och en, för att helt och hållet fördjupa sig i naturens lugn. Deltagarna tog på sig bekväma skor och kläder, och en efter en försvann de ut på gårdsplanen.

Ute på gården stod Mia Linn med en korg fylld med örter i händerna, ett lugnt leende prydde hennes ansikte. Hon gick fram till en liten träbänk där en stor kanna stod fylld med en gyllene dryck.

"Innan vi börjar vårt skogsbad, vill jag att ni alla tar del av denna örtdryck. Den är tillverkad av noggrant utvalda örter, kända för sina renande egenskaper. Låt oss ta ett ögonblick för att centrera oss och känna dryckens kraft hjälpa oss att rena vårt inre."

Hon började hälla upp drycken i små koppar, varje deltagare tog emot en kopp med ett stilla tack. Solen stod nu högt på himlen och kastade sitt ljus över gårdsplanen, där gräset glittrade av dagg och blommorna spred sina dofter. Träden runt omkring susade mjukt i vinden, och fågelsången fyllde luften med en känsla av frid och förväntan.

"När ni dricker, tänk på att släppa taget om all stress och negativitet. Känn hur drycken renar och förnyar er, och förbered er för den djupa förbindelsen med naturen som väntar oss. I drycken har vi nässlor, kamomill, mynta, citronmeliss, lakritsrot, vildros och lavendel. Ni kommer få med er ett litet häfte med örter att använda på hemmaplan."

Deltagarna sörplade långsamt på drycken, och tystnad sänkte sig över gruppen medan alla fokuserade inåt. Mia Linn betraktade gruppen och log med en lugn trygghet.

"Nu när vi är redo, låt oss bege oss in i skogen och låta naturens läkande krafter omfamna oss." En efter en försvann deltagarna ut bland träden.

Pontus vandrade långsamt genom skogen, hans sinnen – vidöppna för varje ljud och varje rörelse. Fågelsång fyllde luften som en naturlig symfoni, och solens strålar bröt igenom trädens lövverk och skapade ett spel av ljus och skugga på marken. Han sträckte ut handen och lät fingrarna löpa över en mossklädd sten, kände dess svala fukt och mjuka textur. Tystnaden var inte tom, utan fylld med livets små, nästan omärkliga ljud.

Han stannade upp och tog ett djupt andetag, kände doften av fuktig jord och växtlighet, och hörde det lätta suset från trädens löv som rörde sig i vinden. Han lade märke till varje detalj, från daggdropparna på grässtråna till en ekorre som skuttade mellan grenarna. Naturens rytm lugnade hans sinne och gav honom en känsla av djup förankring.

Naomi, som hade gått en bit framför honom, stannade upp och vände sig om. Hennes ögon mötte hans, och hon såg något i hans ansikte som fick henne att le mjukt.

"Hej, 'Tusse'", sa hon med en röst fylld av värme. Pontus stannade upp, förvånad över smeknamnet. Hans kinder hettade, men han log och nickade, accepterande sitt nya namn.

"Det känns som om du verkligen har öppnat dig den här helgen", fortsatte hon.

Pontus kände en rodnad sprida sig över kinderna och tittade bort ett ögonblick. "Tack, Naomi", mumlade han. "Det betyder mycket att höra."

Naomi log bredare. "Det här är bara början. Du vågar känna alla dina känslor, och det är så starkt." Pontus visste inte riktigt vad han skulle svara, men han kände en ny sorts värme sprida sig inom honom. "Varför kallar du mig 'Tusse'?" frågade han till slut, fortfarande lite generad men också glad över hennes ord.

Naomi skrattade. "Det är för att du påminner mig om en kattunge – lite osäker men med en styrka som du inte alltid ser själv."

"Jag antar att jag inte har något emot det", sa han, tveksam på vad hon egentligen menade.

Tillsammans vandrade de tillbaka till huset, tysta men med en ny sorts förståelse och samhörighet som inte behövde ord. När de åter samlades med de andra, var det som om skogens frid och stillhet fortfarande höll dem omslutna.

Alla deltagarna samlades i en cirkel och Vesta bad dem att dela med sig av sina upplevelser från skogsbadet. En efter en talade de om vad de hade sett, hört och känt.

Clara berättade hur hon hade sett en rådjursfamilj och känt en djup känsla av samhörighet med naturen. Markus beskrev hur han hade känt en stark koppling till marken när han satt vid ett gammalt träd och mediterade. Love hade njutit av att ligga i gräset och titta upp på molnen, och Valeria, som gått barfota genom skogen, hade känt sig oerhört fridfull och jordad.

När det var Pontus tur, tvekade han lite innan han började. "Jag kände en otrolig frid i skogen", sa han. "Att lyssna på fåglarna och känna mossan under mina fingrar var nästan magiskt. Och tystnaden... den var så fylld av liv. Det var som om jag kunde höra mina egna tankar klarare än någonsin förut."

Naomi log uppmuntrande mot honom och Pontus kände en våg av tacksamhet. "Jag har också insett att jag behöver vara mer öppen för mina känslor", fortsatte han. "Det har varit en utmaning, men jag känner mig lättare nu, som om jag har släppt en tung börda."

De andra nickade förstående och Vesta log varmt. Hennes ögon, som alltid verkade se mer än vad som var synligt, glittrade av empati och visdom. "Det är det som är meningen med denna helg", sa hon. "Att öppna våra hjärtan och sinnen, och att komma närmare oss själva och naturen och inse att vi alla är ett och behöver varandra."

Vesta närvaro var alltid lugnande, och hennes ord bar med sig en djup förståelse för människors inre världar. Hon hade tillbringat många år med att studera olika former av meditation och naturterapi. Hon var inte bara en guide, utan också en mentor och vän för många av deltagarna.

När hon talade, var det som om varje ord var noggrant utvalt för att ge tröst och insikt. Hon hade en nästan övernaturlig gåva att se bortom ytan och förstå de känslor och tankar som låg dolda inom varje individ. Det var denna egenskap som gjorde henne så uppskattad och respekterad av alla som deltog i hennes retreat och cirklar, Vesta kunde alltid ta fram det där lilla extra så att varje upplevelse blev unik.

~ * ~

När det till slut blev sen förmiddag, samlades deltagarna för den sista gången i meditationssalen. Vesta hade förberett ett sista moment för att runda av helgen, en stund för reflektion och skrivande. På varje meditationskudde låg ett vackert handgjort anteckningsblock och en penna.

"Jag vill att ni ska ta er tid att skriva ner vad ni tar med er från denna helg", sa Vesta. "Det kan vara en känsla, en insikt eller något annat ni har upplevt. Låt orden flöda fritt."

Tystnaden lade sig som ett mjukt täcke över rummet medan deltagarna började skriva. Någon såg ut att tveka, med pennan svävande över papperet, medan en annan redan fyllde raden efter raden med ord. Ett tyst raspande av pennor mot papper fyllde luften. Clara stannade upp för att tänka, bet lätt på sin penna innan hon fortsatte skriva. Pontus satt med blicken fäst på sitt block, och tillät tankarna vandra tillbaka genom helgen.

Orden som kändes viktigast för honom dök långsamt upp och formades på papperet.

När alla var färdiga, bad Vesta dem att dela med sig av sina tankar. En efter en reste de sig upp och läste sina anteckningar.

Ester var först. Hennes röst var lugn men fylld av eftertanke när hon sa: "Denna helg har hjälpt mig att finna en inre ro som jag trodde var förlorad. Jag tar med mig känslan av att vara ett med naturen och den djupa andningen som ger mig styrka."

Clara log innan hon tog vid. "Den här helgen har gett mig verktyg att stressa av och hitta tillbaka till mig själv. Jag minns särskilt när vi dansade tillsammans. Det var som om varje rörelse löste upp en knut inom mig. Jag kommer fortsätta utforska dans som ett sätt att uttrycka mig när jag kommer hem."

Markus såg ut över gruppen innan han talade: "Jag har insett hur viktigt det är att ta tid för mig själv. När jag satt vid det gamla trädet och kände dess rötter under mina händer, insåg jag att stillhet verkligen ger nya perspektiv på mina utmaningar i livet."

När det var Naomis tur log hon varmt. "Jag har upptäckt att jag kan vara mer närvarande och öppen för mina känslor. Det var i tystnaden ute i skogen, när vinden susade genom löven, som jag kände en oväntad styrka växa inom mig. Jag känner mig starkare och mer kopplad, både till mig själv och till er."

Pontus tog ett djupt andetag innan han reste sig. "Jag har lärt mig att omfamna mina känslor och att det är okej att vara sårbar. När jag satt i skogen och lät mossan smeka mina fingrar, kände jag hur lugn och tystnad kan vara otroligt kraftfulla. Det är som att en del av mig själv hittade tillbaka."

Angelo, som hade varit en av de tystare deltagarna under helgen, reste sig långsamt. "Jag har funnit en ny sorts gemenskap här. Att dela denna upplevelse med er har fått mig att känna mig mindre ensam och mer förstådd."

Love höll sitt papper som en skådespelare med en monolog. "Den här helgen har skapat ett stort lugn inom mig. Jag minns hur frigörande det var att dansa och känna vinden mot min hud i skogen. Jag ska försöka hitta den känslan av frihet oftare i min vardag."

Valeria var sist att tala. "Jag är tacksam för er alla och för det vi har delat. När jag gick barfota genom skogen kände jag en sådan jordning och stillhet. Jag tar med mig orden "hjärtlig gemenskap" som en påminnelse om det vi har skapat här."

Deltagarna nickade mot varandra, med tysta leenden och varma blickar som tack för att de delat sina hjärtan med varandra.

Vesta log mot gruppen, hennes blick – fylld av stolthet och värme. "Tack för att ni har delat era tankar och upplevelser. Ni har alla gjort denna helg speciell. Kom ihåg att ni alltid bär med er styrkan och friden ni har funnit här, och att ni kan återvända till dessa känslor när ni behöver dem."

Hon avslutade cirkeln genom att bjuda deltagarna att sluta ögonen och ta några djupa andetag tillsammans.

"Låt oss nu ta ett ögonblick för att verkligen förankra allt vi har upplevt och lärt oss denna helg. Föreställ er att vi planterar ett frö av allt det vi tar med oss härifrån. Detta frö behöver er uppmärksamhet och omsorg för att kunna växa och blomstra. När ni är redo, öppna era ögon och möt varandras blickar."

Efter att deltagarna långsamt öppnade ögonen, fylldes rummet av leenden och ett lugnt sorl. Vesta fortsatte: "Nu lämnar vi denna vackra plats lika vacker som vi fann den."

Alla hjälpte varandra att städa och packa, med små kommentarer och skämtsamma ord emellanåt. När allt var klart samlades de på gårdsplanen för att säga farväl.

De utbytte kramar och löften om att hålla kontakten. Någon lade en liten sten på trappan som ett tack till platsen för allt den gett dem. När de en efter en lämnade huset för att återvända till sina vanliga liv, var det med ett vemodigt lugn – och ryggsäckar fulla av nya insikter och verktyg för att möta världen.

Pontus, Naomi och Angelo satte sig i bilen för att återvända hem. De färdades länge i tystnad, medan helgens minnen svävade i deras tankar som en behaglig dimma. Naomi bröt till slut tystnaden: "Det har verkligen varit en speciell helg. Tack för att vi gjorde det här tillsammans."

Pontus nickade med ett litet leende. "Ja, det har det verkligen. Jag är glad att vi gjorde det."

Naomi sneglade på honom och retades vänligt: "Och du som var så skeptisk till det här."

Pontus log bredare, fortfarande med blicken på vägen. "Alla kan väl ändra sig."

Angelo, som lutade sig tillbaka i baksätet, log och sa: "Vi borde göra det här till en årlig tradition." Alla tre nickade samstämmigt.

När de fortsatte färden hemåt, fylldes bilen av stillhet och den nyfunna klarheten som helgen lämnat efter sig.

~ * ~

Pontus svängde in med bilen på den lilla parkeringen intill huset där han hade sin plats. Alla tre pustade ut och tyckte det var skönt att komma hem trots den händelserika och öppnande helgen.

De steg ur bilen och jonglerade resväskor, instrument och målargrejor upp för trapporna. Trapporna i det välkomnande huset knarrade under deras steg, och ljuset från trapphusfönstret kastade mjuka skuggor på väggarna medan de klättrade upp till sina två lägenheter. Svetten pärlade sig på deras pannor, men leenden spelade på deras läppar – en kombination av hemtrevnad och spänningen i att vara tillbaka.

Naomi, med sitt flätade hår som dansade när hon gick, vände sig om mot Pontus, som höll på att ställa ner sina saker innanför sin dörr. "Pontus, kan du komma in till oss och ta med dig gitarren?" frågade hon – hennes röst mjuk men ändå med en viss beslutsamhet.

Pontus skrapade lite på dörrkarmen med nageln – tveksam. Men Naomis leende och den varma blicken fick honom att nicka. Han greppade sin gitarr och följde efter henne in i lägenheten mitt emot. Gitarrens trä hals kändes trygg under hans fingrar, den var ett pålitligt verktyg för att uttrycka känslor som han själv inte alltid kunde sätta ord på.

När han klev in i Naomis lägenhet, överväldigades han av känslan av värme och kreativitet. Väggarna var prydda med hennes målningar, landskap som sprakade av färg, abstrakta former som verkade dansa, och staffliet i hörnet bar en påbörjad målning som lockade blicken.

Doften av akrylfärg låg kvar i luften, blandad med den subtila aromen av kaffe från köket. Solens eftermiddagsljus strömmade in genom de stora fönstren och förstärkte de varma tonerna i rummet, som om själva rummet andades med deras energi.

Angelo, med sitt mörka hår som föll ner över ögonen, rotade redan runt i köket. Kaffebryggaren, som Naomi alltid kallat "traktorn", mullrade i gång medan han bredde smörgåsar med de sista frallorna från retreatet. Doften av nybryggt kaffe spred sig snabbt i hela lägenheten och fyllde vardagsrummet där Naomi och Pontus hade slagit sig ner.

Naomi sjönk vilsamt ner i soffan och knuffade vänskapligt på Pontus att göra detsamma. "Spela något för oss", bad hon. "Spela den där melodin som jag känner igen."

Pontus tvekade. Nervositeten sköljde över honom som en kall våg, men Naomis förväntansfulla blick – den där blicken som tycktes se rakt igenom honom – fick hans händer att slappna av. Han satte sig ner, placerade gitarren på knät och lät fingrarna trevande glida över strängarna. Först var tonen försiktig, nästan tveksam, men snart fann han rytmen. Melodin flöt ut i rummet som en varm sommarbris.

Naomi slöt ögonen, och började sjunga:

"Under cityljusen, där vi finner vår plats, glömmer vi tiden, drömmer i takt. Med varje hjärtslag, är vi mer än bara ord."

Pontus blev så överraskad att han nästan snubblade med fingrarna över strängarna. Hennes röst var klar och självklar, stark men samtidigt mjuk – en röst som bar varje ord med känsla. Han fortsatte spela, nu med en ny energi som Naomis sång verkade framkalla.

Naomi fortsatte, orden flödade ur henne som om de alltid funnits där:

"Vi dansar genom natten, i en värld som är vår. Inga gränser, ingen rädsla, vi följer våra spår. Under stjärnorna, är vi fria som fåglar, I denna stad, är vi aldrig ensamma, aldrig svaga."

Angelo dök upp från köket med en bricka full av kaffekoppar och smörgåsar. Han stannade i dörröppningen, fascinerad av musiken. "Wow, Naomi, din röst är fantastisk, och Pontus – vilken melodi! Ni två är en oslagbar duo."

Pontus rodnade och sneglade ner på sina händer, som fortfarande vilade på gitarrens strängar. Han kände värmen av både berömmet och Naomis spontanitet. Vad Angelo och Naomi inte visste var att melodin han spelade var inspirerad av Naomi, och nu hade hon utan ansträngning satt ord på den.

Pontus såg på Naomi och frågade: "Hur kunde du hitta på en sådan text så snabbt?"

Naomi log varmt och svarade: "Jag vet inte. Det är som att orden bara kom till mig, allt vi upplevt under helgen... jag kände mig tvungen att sätta ord på det."

"Det var vackert", mumlade Pontus. "Du har verkligen en förmåga att fånga känslor."

De satt där en stund, drickandes kaffe och pratade om sina drömmar. Angelo berättade om sin ambition att öppna ett kafé en dag, och Naomi delade sina planer om att få ställa ut sina tavlor internationellt. När det blev Pontus tur sa han blygsamt: "Jag skulle vilja spela för en publik en dag. Bara ha musiken. Ingen teknikfirma."

Naomi lade en hand på hans axel. "Det kan du", sa hon med allvar i rösten. "Du har det i dig, Pontus. Vi tror på dig."

Angelo log och lade till: "Jag tror jag vet ett ställe du kan spela på. Jag ska kolla upp det, vi kan prata mer om det senare."

Pontus kände en tacksamhet sprida sig i bröstet. För första gången kändes det som om hans dröm om att spela inför en publik kanske var inom räckhåll, som om allt som hänt under helgen hade öppnat en dörr han aldrig trott fanns.

De tre satt tätt ihop i soffan, deras ben och axlar rörde vid varandra, medan de pratade om den starka helgen Vesta tagit med dem på och mer om sina framtidsdrömmar.

Pontus lyssnade på de två vännerna och kände en stark gemenskap som han inte visste att han hade saknat.

Vestas retreat hade verkligen öppnat honom och han hade kommit närmare både Angelo och Naomi. Den gnagande svartsjukan han tidigare haft över att de bodde ihop var nu borta.

Pontus märkte att en växande vänskap mellan honom och Naomi hade tagit form, och han kunde bara önska att den skulle utvecklas djupare. Det var inte längre konstigt utan naturligt att umgås med både Angelo och Naomi, som om de kommit varandra nära på djupet och inget längre var krystat. Det kändes nytt, och ganska häftigt.

~ * ~

Solen strålade in genom sovrummets tunna gardiner när Naomi långsamt öppnade ögonen. Hon sträckte ut en hand för att känna efter Angelo, men hans plats i sängen bakom väggen av kuddar var tom och sval. Förvirrad satte hon sig upp, gnuggade sömnen ur ögonen och såg sig omkring. Rummet var tyst förutom det mjuka surrandet från fläkten i hörnet efter den varma sommarnatten.

Hon reste sig upp, drog på sig sin morgonrock och gick ut till köket. Doften av nybryggt kaffe hängde kvar i luften. På köksbordet, bredvid en ångande kopp, låg en prydligt vikt lapp. Naomi plockade upp den och kände igen Angelos välbekanta handstil:

"God morgon Naomi, Jag gick till kafét för att jobba lite. Ta med Pontus dit vid lunch, jag har något jag vill berätta för er båda. Jag har också lämnat frukost till dig i köket."

"Vi ses senare, Angelo"

Naomi log och såg sig omkring i köket. På bordet stod en tallrik med hennes favoritfrukost, färsk frukt och grekisk yoghurt. Morgonljuset strömmade in genom fönstret och fick allt att kännas lugnt och fridfullt. Hon satte sig ner och åt, medan tankarna vandrade till vad Angelo kunde vilja berätta. Var det något stort? Spännande? Hon kände fjärilar i magen av förväntan.

Efter frukosten klädde hon sig snabbt. Innan hon skulle hämta Pontus för lunchen, hade hon en sak till att göra. Hon gick ut ur lägenheten och nedför trapporna till Vestas dörr.

Vesta hade på ett smakfullt och kreativt sätt placerat krukor med väldoftande blommor kring sin dörr, vilket gav en känsla av att vara i naturen trots att man var inomhus.

Naomi knackade försiktigt på dörren och hörde snart ljudet av steg inifrån. Dörren öppnades och Vesta stod där med sitt vanliga, varma leende.

"God morgon, Naomi! Så roligt att se dig", sa Vesta och kramade henne hjärtligt.

"God morgon, Vesta. Jag ville bara tacka dig igen för den fantastiska helgen. Det var verkligen livsförändrande", svarade Naomi och steg in i den mysiga lägenheten.

Hemma hos Vesta var det alltid magiskt. Ett doftljus spred en mild arom av lavendel och rosmarin, och Vega och Moon kom springande och hälsade glatt på Naomi. Hon böjde sig ner för att klappa dem, och deras spinnande fyllde rummet med en lugnande atmosfär.

"Det gör mig så glad att höra, Naomi", sa Vesta och satte sig vid köksbordet, där en kanna te och två koppar redan väntade. "Och jag har faktiskt något spännande att berätta för dig."

Naomi såg nyfiket på Vesta och satte sig mitt emot henne. "Vad är det du vill berätta för mig?"

"Jag har tänkt mycket på dig och ditt engagemang under retreatet", började Vesta och hällde upp te åt dem båda. "Jag har ordnat allt inför din måleriworkshop i lokalen. Du kommer även få en assistent som både kommer att lära sig och hjälpa dig att ge deltagarna den bästa upplevelsen. Bra betalt och fika ingår, så när du är redo, står jag redo."

Naomis ögon glittrade. "Åh Vesta! Jag kan inte tacka dig nog. Tack återigen för förtroendet."

Vesta log brett. "Du förtjänar det, Naomi. Du har en speciell energi som behövs här i stan."

Naomi kände tårar av glädje stiga upp i ögonen. "Jag ser så mycket fram emot vårt samarbete och jag ska göra mitt allra bästa när vi sätter i gång."

Efter ett magiskt samtal och flera koppar te kände Naomi sig fylld av tacksamhet och inspiration. Hon tackade Vesta ännu en gång innan hon gick tillbaka upp till sin lägenhet för att förbereda sig inför mötet med Pontus och Angelo.

Naomi, nu klädd och redo för dagen, begav sig mot Pontus lägenhet. Hon knackade på Pontus dörr, men hörde inget svar. Efter att ha väntat några ögonblick och knackat igen, tryckte hon försiktigt ned handtaget och klev in.

Ljudet av en akustisk gitarr fyllde rummet, och där, mitt bland musikinstrument, satt Pontus försjunken i sitt spelande.

"Pontus!" ropade Naomi över musiken.

Pontus tittade upp, förvånad, och avbröt sitt spelande. "Oj, Naomi! Jag hörde inte att du knackade. Förlåt!"

Naomi skrattade och skakade på huvudet. "Det är okej. Jag är här för att hämta dig. Angelo vill att vi möter honom på kafét vid lunch. Han har något viktigt att berätta."

Pontus lade gitarren åt sidan och reste sig. "Det låter spännande. Men jag har faktiskt ett ärende jag måste göra först. Jag måste till Vesta och hämta något hon lovade att hålla åt mig."

Naomi höjde på ögonbrynen. "Jag var just där och pratade med henne. Men okej, jag förstår. Jag väntar nere på gården så länge."

"Det låter bra. Det tar nog inte lång tid", sa Pontus och log.

Naomi nickade och gick ut ur lägenheten. Hon tog sig ner till gården, där en liten trädgård med bänkar och en fontän utgjorde en oas av lugn mitt i stadens brus. Hon satte sig på en av bänkarna och slöt ögonen för en stund, njutande av solens värme mot ansiktet och det rogivande ljudet av vattnet som porlade i fontänen.

Pontus skyndade ner till Vesta och knackade på dörren. Den öppnades omedelbart, och Vestas vänliga ögon och varma leende välkomnade honom in.

"God morgon, Pontus! Vad kan jag göra för dig idag?" frågade hon, även om hennes blick antydde att hon redan visste svaret.

Pontus tvekade ett ögonblick innan han svarade. "God morgon, Vesta. Jag... jag behöver prata med dig om något. Det handlar om..."

"Naomi", fyllde Vesta i, och Pontus ryckte förvånat till.

Hon log som om hon hade förutsett detta. "Kom, sätt dig ner, Pontus. Berätta vad som ligger på ditt hjärta."

Han satte sig och tog ett djupt andetag. "Jag har börjat känna något för Naomi, och jag vet inte riktigt hur jag ska hantera det. Vi har varit vänner ett tag nu, och jag vill inte riskera att förstöra det vi har. Jag vet inte riktigt vad detta är, jag har aldrig känt så här förut."

Vesta nickade förstående och lade en lugnande hand på hans. "Känslor kan vara komplicerade, men det är bra att du är ärlig med dig själv. Jag har sett hur du tittar på henne, Pontus. Det är inget att skämmas över. Men berätta, har du aldrig känt så här innan?"

Pontus rodnade lätt, ett generat leende spelade på hans läppar. "Det är bara det att jag är rädd... rädd att jag ska förstöra något fint vi redan har."

Vesta reste sig och gick till en av sina hyllor fyllda med små lådor, stenar och örtpåsar. "Jag förstår din oro", sa hon, "men ibland måste vi ta risken för att vinna något stort." Hon plockade fram en liten amulett, omsorgsfullt insvept i en läderpåse. "Den här är för dig."

Pontus tog försiktigt emot den. "Vad är detta?" frågade han.

"Den här amuletten är fylld med ingredienser som står för kärlek, mod och klarhet, rosenblad och doftviol för kärlek och harmoni, kungsljus för att stå i din egen kraft, lavendel för att lugna sinnet och mynta för tydlighet och kommunikation. Och så en liten bergkristall, för att förstärka allt detta."

Pontus höll påsen i sin hand och kände en oväntad tyngd, som om den bar med sig mer än dess fysiska innehåll. "Tack, Vesta. Jag vet inte riktigt hur detta ska hjälpa mig, men jag antar att det kan vara som... lite tur på vägen."

Vesta log varmt och lade en hand på hans axel. "Ibland måste man inte förstå allt i förväg. Ge dig själv tid att känna och vara modig. Du har redan allt du behöver inom dig. Oavsett vad som händer kommer er vänskap växa sig starkare."

Pontus kände sig märkligt lättare när han gick därifrån. När han kom tillbaka till gården och såg Naomi sitta på bänken, med ögonen slutna och ansiktet vänt mot solen, kunde han inte undgå att märka hur vacker hon var i solljuset. Solens strålar skapade ett gyllene skimmer runt hennes ansikte, och han kände hur något inom honom mjuknade. Han tog ett djupt andetag och gick fram till henne.

"Klar!" sa han, lite andfådd. "Vesta hälsar igen så mycket."

Naomi öppnade ögonen och log när hon reste sig. "Perfekt", sa hon. "Då går vi och möter Angelo."

Tillsammans lämnade de gården och promenerade längs den soliga gatan mot kafét. Tystnaden mellan dem var inte obekväm utan fylld av förväntan. Tankarna på Angelos nyheter snurrade i bådas huvuden, men ingen av dem sa något. Det fanns en stilla glädje i att bara gå bredvid varandra.

~ * ~

Naomi och Pontus steg in på kafét, där det myllrade av
människor som njöt av sina semesterledigheter. Atmosfären var
livlig med ljudet av skratt och samtal som fyllde rummet.
Angelo såg dem och vinkade entusiastiskt från andra sidan
lokalen. Han stod bredvid Hanna, kaféets ägarinna, och
tillsammans kom de fram och hälsade glatt.

"Vad roligt att se er!" sade Angelo. "Vill ni ha var sin islatte?
De är fantastiska idag." Naomi och Pontus tackade och tog emot
de kylda dryckerna innan de satte sig vid ett litet, tomt bord
nära fönstret. Solen strålade in genom glasrutorna och skapade
ett varmt, inbjudande ljus. De kunde känna doften av nybakat
bröd och nybryggt kaffe som spred sig genom kaféet.

Angelo lutade sig fram och började prata med dämpad
entusiasm. "Jag har något riktigt spännande att berätta. Vi ska
börja med musikkvällar här på kafét! Två dagar i veckan, på
fredagar och lördagar, för att locka fler människor hit. Och

Pontus, jag vill att du inviger den första musikkvällen nästa vecka."

Pontus höll på att ramla av stolen av ren förvåning. Han kände hur händerna började skaka och hjärtat slog snabbare. "Va! Jag? Inviga musikkvällarna?"

Angelo log brett och lade en hand på Pontus axel för att lugna honom. "Ja, precis. Du är perfekt för det. Jag har till och med hjälpt till att skapa en liten scen i ena hörnet av kafét."

Pontus tittade över mot hörnet där en liten, elegant upphöjning hade skapats med plats för musikinstrument och mikrofoner. Det såg både professionellt och inbjudande ut. "Wow, det ser grymt bra ut. Men... är du säker på att jag är rätt person för detta?"

"Absolut", sa Angelo bestämt. "Du har grym talang, och det här är en fantastisk möjlighet för dig att visa upp den."

Pontus försökte samla sig, men hans tankar rusade. Han hade alltid älskat att spela musik, och att stå på en scen och uppträda inför människor var ju hans dröm. Nervositeten blandades med en spirande känsla av förväntan. "Tack, Angelo", sa Pontus med ett svagt leende. "Tack för chansen. Det vore en stor ära att få spela här."

Angelo tittade förväntansfullt på Pontus och gjorde en gest mot den lilla scenen. "Nå, vad säger du då? Kör vi?" Pontus försökte le självsäkert, men kände att osäkerheten sken igenom.

Trots det tog han mod till sig. "Ja, vi kör! Detta är ju något jag längtat efter, så varför inte."

"Grymt! Det är ju strålande bra", svarade Angelo och dunkade lätt Pontus vänskapligt i ryggen. "Jag vet att det kommer bli succé."

Hanna kom fram med ett varmt leende och vände sig mot Naomi. "Och Naomi, jag har en fråga till dig också. Vi har haft flera kunder som har frågat om dina tavlor. Skulle du vara intresserad av att ställa ut och sälja några här på kafét regelbundet?"

Naomi blev glatt överraskad och mindes första gången hon hade ställt ut sina tavlor här. Hanna hade varit så stödjande och hjälpsam då, och Naomi kände genast en varm tacksamhet. "Verkligen? Det skulle vara fantastiskt! Jag skulle älska att ställa ut mina tavlor här regelbundet."

"Perfekt", svarade Hanna. "Vi kan börja med några fler nästa vecka. Jag är säker på att de kommer att vara en hit."

Naomi kände sig överväldigad av all positivitet och de spännande möjligheterna som öppnade sig. Hon tittade på Pontus, som fortfarande verkade lite omtumlad, men också entusiastisk.

"Det här är otroligt", sa Naomi. "Tänk att vi båda får sådana fantastiska möjligheter på samma dag." Pontus nickade, fortfarande något skärrad över vad han just gått med på men med ett leende på läpparna. "Ja, det känns nästan overkligt. Men jag antar att vi bara får göra vårt bästa."

De lutade sig tillbaka i sina stolar, sippade på sina islatte och började diskutera detaljerna för de kommande musikkvällarna och konstutställningarna. Angelo var full av energi och kunde knappt hålla tillbaka sin entusiasm. Han pratade om hur musikkvällarna skulle skapa en ännu varmare och mer inbjudande atmosfär och hur Naomis konst skulle ge platsen en unik och konstnärlig prägel.

Hanna fyllde i med detaljer om hur de kunde arrangera utrymmet för att bäst visa upp Naomis tavlor och skapa en harmonisk känsla mellan musiken och konsten. Hennes ögon lyste av glädje när hon beskrev hur mycket kunderna redan hade frågat om och beundrat Naomis tidigare utställning.

Naomi kände sig inspirerad och uppmuntrad. Att få denna möjlighet att ställa ut sina tavlor regelbundet kändes som en bekräftelse på hennes konstnärliga resa. Hon kunde inte vänta på att börja skapa nya verk för kaféet.

Pontus, även om han fortfarande var nervös, började känna sig alltmer peppad. Han såg fram emot att få dela sin musik med fler människor och att kanske till och med få några nya fans. Angelo hade verkligen överraskat dem denna gång. Han kände en broderlig kärlek mellan dem; Angelo hade visat att han verkligen brydde sig. Han såg något i Pontus som Pontus själv hade haft svårt att se. Det skulle bli spännande att se vart detta ledde dem.

Efter en lång stunds samtal och glädje över de nyheter de just fått, kände Naomi och Pontus att det var dags att fira. De bestämde sig för att ta med Angelo ut på lunch till en av Pontus favoritrestauranger vid vattnet. Angelo följde entusiastiskt med då Hanna nickade och tyckte att det gick bra.

Restaurangen var charmig och inbjudande, belägen vid en liten brygga. Bord var utspridda längs vattnet, och färgglada blommor i stora krukor gav platsen en fridfull atmosfär. En mild bris svepte över dem och solen strålade ner, vilket gjorde dagen perfekt för en utomhuslunch.

De hittade ett bord precis vid vattnet, där de kunde njuta av utsikten över de små båtarna som långsamt gled förbi. Naomi, Pontus och Angelo satte sig ner och pustade ut, fortfarande uppfyllda av dagens glädje och förväntan.

"Tack för att ni tog med mig hit", sa Angelo med ett leende. "Det här är verkligen ett fantastiskt sätt att fira." Angelos blick svepte imponerat över vattnet. "Det här var verkligen något speciellt." Pontus log nöjt och lutade sig lätt mot stolsryggen. "Jag visste att ni skulle gilla det. Det är "mitt" ställe, hit brukar jag komma när jag behöver rensa tankarna. Bästa maten, bästa servicen och bästa utsikten."

"Ja, detta passar perfekt för att fira de fantastiska möjligheterna vi just fått", sa Naomi och log medan hon såg sig omkring i den mysiga atmosfären. "Detta valde du bra, Pontus."

En servitör kom fram och tog deras beställningar. Naomi valde en fräsch sallad med grillade grönsaker, Pontus beställde en rik pasta med tomatsås, och Angelo gick för en tallrik med fisk och skaldjur. Medan de väntade på maten, njöt de av den avkopplande miljön och det vackra vädret.

"Jag är så glad att ni båda är en del av det här", sa Angelo och såg på Pontus med stolthet i blicken. "Musikkvällarna kommer att bli fantastiska, och jag är så glad över att du vill göra detta, Pontus."

Pontus, fortfarande lite nervös men uppspelt över sin kommande spelning, log blygt. "Tack, Angelo. Det betyder mycket att du frågade mig. Jag har aldrig stått på scen förut, så det här är en stor chans för mig."

Naomi lade en hand på Pontus arm och log uppmuntrande. "Du kommer att göra det fantastiskt."

När maten kom, fördjupade de sig i samtalet och njöt av de läckra smakerna. Angelo berättade historier om hur han och Hanna kommit på idén med musikkvällarna strax efter Vestas retreat och hur Angelo totalt sålde in idén för Hanna, som såg positivt på hur kaféet kunde expandera sin verksamhet.

Naomi och Pontus lyssnade intresserat och skrattade åt hur Angelo var så uppspelt över alla kommande events.

Efter ett tag blev samtalet mer allvarligt när Pontus delade sina tankar om framtiden. "Jag har tänkt mycket på vad jag verkligen vill göra", sa han. "Musiken är min passion, och jag känner att det är dags att satsa på den. Det här giget är en bra början."

Angelo nickade instämmande. "Det är bra att du följer ditt hjärta. Livet är för kort för att inte göra det man brinner för."

Naomi kände sig väldigt glad inombords när hon såg hur Angelo och Pontus stöttade varandra. Hon var tacksam för att ha dessa människor i sitt liv och för den vänskap de delade. Mycket hade hänt på väldigt kort tid, men hon kände sig hemma.

När lunchen var över, promenerade de längs bryggan, pratade och skrattade, njutande av den vackra dagen och varandras sällskap innan det var dags för Angelo att skynda sig tillbaka till kaféet igen.

~ * ~

Pontus kände en klump i magen när han klev in genom dörren till teknikfirman. Trots att det var semestertider var kontoret fyllt av stressad aktivitet. Hans pappa, Mikael, ägare av firman, hade kallat in Pontus akut för att uppgradera en programvara som krånglade. Glasväggarnas kalla yta reflekterade ljuset från lysrören, och ljudet av tangentbordsknatter blandades med dämpade samtal.

Pontus gick förbi receptionen där Anette, hans pappas sekreterare, gav honom ett vänligt leende. "Hej Pontus, är du tillbaka från semestern redan?" frågade hon förvånat.

"Åh, hej Anette. Nej, inte egentligen. Pappa ringde in mig för att fixa ett problem", svarade Pontus och försökte låta positiv trots den växande oron i bröstet. På vägen genom korridorerna sög den sterilvita omgivningen ur honom all värme. När han knackade på Mikaels kontorsdörr hördes ett kort "Kom in!"

Mikael satt bakom sitt futuristiska skrivbord, hans panna rynkad. "Pontus, bra att du kunde komma så snabbt", sa han utan att titta upp.

"Ja, självklart. Vad är det som händer?" frågade Pontus.

Mikael pekade mot en dator. "Programvaran krånglar. Vi har en leverans på fredag, och jag behöver att du jobbar tills det är fixat."

Pontus kände isande kyla i bröstet. "Pappa, jag kan hjälpa till idag och imorgon, men jag har ett gig på fredag kväll."

Mikael såg upp – hans röst var skarp. "Gig? Är det musiken du talar om? Musik är inte ett riktigt jobb, Pontus. När ska du växa upp?"

Pontus kände ilskan bubbla upp. "Musiken är en viktig del av mitt liv! Det här giget är en stor chans, en möjlighet till något större."

Mikael slog ut med händerna, hans ansikte blossande av irritation. "Din framtid ligger här, Pontus. Inte på någon liten scen."

"Har du ens frågat vad jag vill?" Pontus röst skar genom rummet. "Jag älskar musik. Det här är min dröm, och jag tänker inte ge upp den."

Mikael slog ut med händerna, hans ansikte blossande av irritation. "Och vad tror du att det kommer leda till? Du har jobbat här i flera år, Pontus. Ska du bara kasta bort allt för ett "gig"? Var realistisk nu."

Pontus kände hur hans händer började skaka av ilska. Hans pappas ord var som pilar som försökte sticka hål på allt han byggt upp inom sig.

"Du lyssnar ju aldrig! Har du bara förväntat dig att jag ska följa dina fotspår utan att ifrågasätta? Jag vill satsa på musiken och jag tänker inte låta dig ta den här chansen ifrån mig."

Mikael skakade på huvudet – hans ögon var smala och hårda som stål. Armarna korsades över hans bröst i en avvärjande gest. "Drömmar och chanser betalar inte räkningarna, Pontus. Och dessutom, räkna inte med mammas och mitt stöd på fredag bara så där."

Pontus kände hur vreden bubblade över. "Du kan inte tala för mamma. Hon har alltid stöttat mig i min musik. Det är orättvist av dig att säga att hon inte skulle vilja komma. Det var ju mamma som köpte min första gitarr och sa att jag skulle följa mitt hjärta."

Ett djupt, frustrerat suckande fyllde rummet när Mikael lade händerna på sitt skrivbord. Hans röst blev lägre, men lika hård.

"Pontus, det här är verkligheten. Det här är ditt ansvar. Vi har stora projekt på gång, och jag behöver kunna lita på dig." Pontus stirrade på honom, besvikelsen tydlig i hans ögon.

"Du fattar ju ingenting, pappa. Jag är 25 år gammal, vuxen nog att ta mina egna beslut. Jag är grymt bra på programmering och IT-kvalitet, för guds skull, om musiken inte skulle gå vägen, finns det många andra företag som skulle vilja ha mig. Men just nu vill jag följa min egen väg. Är det så svårt att förstå?"

Mikael rätade på sig, hans ansiktsdrag blev ännu skarpare.

"Så du tänker bara kasta bort allt vi har byggt upp här? Du är så naiv, Pontus. Världen fungerar inte så."

Pontus kände hur hans röst darrade av frustration.

"Har du någonsin intresserat dig för vad jag tycker om? Ärligt, pappa! Eller har du bara förväntat dig att jag ska leva ditt liv? Jag tänker inte fortsätta göra det. Jag måste ta chansen att leva mitt eget liv, på mitt eget sätt."

För ett ögonblick var tystnaden i rummet öronbedövande. Mikaels blick blev kall. "Om du går din egen väg nu, kanske du inte har något jobb att komma tillbaka till."

Orden slog som ett hårt slag i magen. Pontus kämpade för att hålla tillbaka tårarna som brände bakom ögonlocken. Han skulle inte låta sin pappa se honom svag.

Med en djup, skakig inandning samlade han sig och sa: "Om det är vad som krävs, då får det vara så. Jag tänker inte ge upp musiken."

Utan att vänta på svar vände Pontus sig om och marscherade ut. Han ignorerade kollegornas förbryllade blickar och smällde igen dörren bakom sig.

När han väl kom ut på gatan kände han både lättnad och en gnagande sorg. Trots sin beslutsamhet kändes hans pappas ord som ett mörkt moln över hans tankar.

När Pontus återvände till bostadshuset, var solen stark och värmde upp gården. Där satt Naomi vid ett bord, omgiven av färgtuber och dukar. Hennes pensel dansade över en duk och skapade ett mjukt, färgrikt landskap.

Han var fortfarande uppfylld av ilska och sårad över sin pappas hårda ord. När han gick förbi märkte han knappt Naomis närvaro. Hennes röst fångade honom dock mitt i hans kaos av känslor.

"Pontus, är allt okej?" ropade hon försiktigt.

Han svarade flyktigt, utan att ens stanna. "Inte nu, Naomi." Hans snabba steg förde honom uppför trapporna. När han passerade Vesta, som var på väg ner, stannade hon till med en undrande blick.

Vesta satte sig bredvid Naomi på bänken. Solens ljus vilade varmt över gården när hon drog en lång, eftertänksam suck.

"Den grabben har det inte lätt", sa hon mjukt och lät blicken dröja kvar vid byggnaden där Pontus hade försvunnit.

Naomi tittade upp från sin målning. "Vad menar du, Vesta?"

Vesta svarade med ett tankfullt leende. "Pontus har en väldigt hård far. Jag har stött på honom några gånger. Han verkar ha höga förväntningar och döljer sina känslor väl. Jag tror att Pontus känner sig kvävd ibland."

Naomi kände en klump i magen. "Men varför berättar du det här för mig?"

Vesta tog ett djupt andetag och fortsatte: "När Pontus började tjäna sina egna pengar, kastade hans far ut honom ur deras hem. Han tyckte att det var dags för Pontus att klara sig själv. Sedan dess har Pontus alltid klarat sig själv. Han har jobbat och studerat hårt, men han har knappt haft tid för något annat. Få vänner har kommit och gått under åren och än färre kvinnliga besökare."

Naomi tittade upp mot byggnaden där Pontus försvunnit. "Jag visste inte att han hade det så tufft."

Vesta lade en hand på hennes arm och klappade den mjukt. "Det är inte alltid lätt att se vad som händer bakom stängda dörrar. Jag har haft bra koll på Pontus under de år han bott här. Han är en fin grabb, men han har mycket att brottas med. "Hans far pressar honom hårt, så hårt att jag ibland undrar om Pontus någonsin kommer att nå upp till sin pappas höga förväntningar."

Vesta log varmt mot henne. "Men jag tror att Pontus håller väldigt mycket av dig, Naomi."

Naomi lutade sig närmare Vesta med en nyfiken blick i ögonen. "Vad menar du? Hur vet du att Pontus håller av mig?"

Vesta log mjukt och tittade ut över gården innan hon svarade. "Jag har sett hur han ser på dig, Naomi. Det är något med hans sätt att vara när du är i närheten. Hans ögon lyser upp på ett sätt som jag inte har sett på länge. Han brukade vara så allvarlig och fokuserad, men när du är där, så är han annorlunda. Mer avslappnad, mer leende."

Vesta ville naturligtvis inte berätta att Pontus pratat med henne tidigare, men att ge honom lite hjälp på traven kunde ju inte skada.

Naomi funderade över Vestas ord medan solens strålar gled över dem. "Jag har märkt att han blir mer avslappnad när vi är tillsammans", sade hon efter en stunds tystnad. "Men jag visste inte att det var så tydligt för andra."

Vesta log igen och tog sakta bort sin hand från Naomis arm. "Känslor visar sig på många sätt, kära Naomi. Det handlar inte alltid om ord eller stora gester. Det handlar om hur man ser på varandra, hur man bryr sig om varandra, och hur man stöttar varandra i svåra tider."

Naomi nickade tyst och kände sig berörd av Vestas ord. Det var något i det sättet som Vesta talade om Pontus som kändes äkta och övertygande. Hon visste att det fanns något speciellt mellan henne och Pontus, något hon inte velat utforska än.

"Tack Vesta", sa Naomi mjukt och lade en hand över Vestas. "Jag är tacksam att ha dig här, och jag lovar att vara där för Pontus så mycket som jag kan."

Vesta log brett och gav Naomis hand en kärleksfull klapp. "Det är allt jag kan önska, att den grabben får uppleva annat än sin fars hårda ord."

De satt tysta en stund till, bara njutandes av solens värmande strålar och av varandras sällskap innan Vesta skyndade vidare och Naomi samlade ihop sina målargrejor för att gå upp för trappan till sin lägenhet igen.

Hon tänkte på vad Vesta berättat och kände sig lite smickrad inombords. Hon hade aldrig sett Pontus på något annat sätt än en vän, sedan Mika hade det varit svårt att ens lita på män men efter att ha träffat både Angelo och Pontus kände hon något komma tillbaka, frågan var om hon skulle våga känna de där känslorna igen nu när allt annat gick så bra.

~ * ~

Naomi gick långsamt uppför trappan i huset, hennes tankar virvlade runt allt som hade hänt den senaste tiden. Hon stannade vid sin dörr och lade försiktigt ner sina målargrejor innanför tröskeln. Sedan tog hon ett djupt andetag och bestämde sig för att gå in till Pontus.

När hon kom fram till Pontus dörr, kunde hon höra hans röst genom den tunna dörren. Hon knackade försiktigt och öppnade dörren på glänt. Pontus stod där, med telefonen mot örat, och pratade med sin mamma. Hans ansikte var ansträngt och hans röst lät dämpad och irriterad.

"Jag fattar, mamma", sa Pontus. "Men det är svårt att ge honom tid när han är så hård mot mig. Jag känner att han aldrig kommer att förstå."

Naomi steg försiktigt in i lägenheten och satte sig tyst i soffan. Hon lade märke till att allt i rummet var som hon mindes det från sist, musikinstrument överallt och gitarren som ståtligt stod lutad mot väggen och mikrofonen som dinglade från taket. Det kändes som en tillflyktsort, där Pontus kunde vara sig själv utan krav och förväntningar från vare sig omgivningen eller sin pappa.

Pontus mamma fortsatte att prata i telefonen. "Jag ska försöka prata med honom, älskling. Ge honom lite tid. Han är bara orolig för dig, även om han har svårt att visa det." Pontus suckade och masserade sin tinning. "Tack, mamma. Jag vet att du försöker. Det är bara frustrerande."

Efter några ögonblick av tystnad sade hans mamma något lugnande, och Pontus avslutade samtalet med ett djupt andetag. Han lade ifrån sig telefonen och vände sig om, överraskad över att se Naomi sitta där.

"Hej", sa han med ett trött leende. "Förlåt att jag inte hörde dig komma in."

Naomi log varmt tillbaka. "Ingen fara, förlåt att jag bara gick in. Hur mår du?"

Pontus sjönk ner bredvid Naomi i soffan. "Jag vet inte riktigt. Det är bara så mycket just nu."

Naomi lade en hand på hans arm och såg på honom med medkänsla. "Vill du berätta vad som hände?"

Pontus suckade djupt och började berätta om sin pappa och deras konflikt på kontoret. Han beskrev hur hans pappa, Mikael, hade blivit besviken och arg när Pontus berättade om sitt gig och sin önskan att satsa på musiken. Hur Mikael hade sagt att musiken inte var ett riktigt jobb och att Pontus borde fokusera på firman istället.

"Det känns som att han aldrig trott på mig", sa Pontus och stirrade ner på sina händer. "Jag har jobbat så hårt för att göra honom stolt, men det verkar aldrig vara nog. Och nu när jag äntligen vill följa min dröm, så får jag inget stöd från honom och han hotar med att både avskeda mig och inte komma på spelningen."

Naomi kände smärtan i hans ord och lutade sig närmare honom. "Jag är så ledsen, Pontus."

Pontus nickade och fortsatte, "Mamma försöker prata med honom, men jag vet inte om det kommer att hjälpa. Han har alltid varit så bestämd och envis."

Naomi strök honom över ryggen och höll hans hand i sin. "Du är vuxen, Pontus. Du har rätt att följa dina drömmar. Din pappa kan inte styra ditt liv. Du är en av de smartaste män jag känner, du fixar detta."

Pontus tittade på henne, hans ögon fyllda med tacksamhet och en glimt av hopp. "Tack, Naomi."

De satt tysta en stund, omgivna av den varma och trygga atmosfären i Pontus lägenhet. Utanför fönstret kunde de höra ljudet av fåglar som kvittrade och det dämpade bruset från staden.

Pontus log och kramade hennes hand. "Ja, du har rätt. Jag fixar detta, ingen fara med mig. "What doesn't kill you makes you stronger", "

De satt där en stund, tysta, bara njutande av varandras närvaro.

Till slut reste sig Naomi upp ur soffan. Hon lutade sig fram och gav Pontus en mjuk puss på kinden. Pontus nästan tappade andan och blev helt mållös, osäker på vad han skulle säga eller göra.

Han kände en värme sprida sig genom kroppen, men innan han hann samla sig för att säga något, strök Naomi honom över håret och sa med ett varmt leende, "fina 'Tusse'."

Pontus öppnade munnen som för att säga något, men hejdade sig i sista sekund, osäker på vad han ens skulle säga. Naomi log en sista gång innan hon gick mot dörren och lämnade lägenheten. Pontus satt kvar, fortfarande överväldigad av ögonblicket, men med ett litet leende som spred sig över hans ansikte.

Han stirrade tomt framför sig och försökte förstå vad som just hade hänt. Naomi hade gett honom en puss på kinden. Hans hand rörde vid platsen där hennes läppar hade varit, som om han försökte fånga ögonblickets värme igen. Vad betydde ens det? tänkte han förvirrat. Var det bara en vänskaplig gest, en del av hennes naturliga omtänksamhet, eller låg det något mer bakom? Hade hon gjort det för att hon tyckte synd om honom, för att trösta honom i en svår stund?

Hans känslor bubblade upp inom honom som en stormvind, virvlande och otyglade. Detta var något nytt, något han aldrig tidigare hade känt. Det var som om en dörr hade öppnats till en del av hans hjärta som han inte ens visste fanns.

Känslorna var både överväldigande och förvirrande. Pontus reste sig upp och gick fram och tillbaka i rummet. Han kände sig rastlös, som om hans tankar inte kunde stilla sig. Varför just nu? Varför, mitt i allt kaos med hans pappa, med musikkvällen, med all osäkerhet i hans liv? Han satte sig ner igen och försökte samla sina tankar. Naomi var annorlunda. Hon var någon som hade trätt in i hans liv med en sådan naturlig självklarhet, någon som fick honom att känna sig sedd och förstådd på ett sätt som ingen annan gjort. Var det därför han kände så starkt för henne nu?

Pontus lade huvudet i händerna och suckade djupt. Hur skulle han någonsin kunna reda ut dessa känslor? Hur skulle han veta vad hon kände? Och, ännu viktigare, hur skulle han kunna fortsätta framåt utan att riskera deras vänskap? Han skulle öva på sin musik, fokusera på sitt gig och låta tiden visa vägen. Han visste att Naomi var en viktig del av hans liv, och oavsett vad som hände, ville han att hon skulle veta hur mycket hon betydde för honom.

Pontus satte sig vid sin gitarr. Musiken lugnade honom, och nu behövde han den mer än någonsin. Han började spela, och lät varje ton bära med sig hans osäkerhet, hans hopp och hans nyfunna känslor.

För en stund var världen bara musik, och i den musiken fanns alla de ord han ännu inte visste hur han skulle säga. Alla de ord som behövde komma fram och ut ur ljuset men som kunde förändra allt.

Pontus tankar föll på amuletten han fått av Vesta, den låg tryggt i hans ena byxficka. Han hoppades att den skulle ge honom modet att en dag kunna uttrycka vad han kände för Naomi och inte känna sig sårad av sin pappas hårda ord.

Musiken fortsatte strömma ut ur gitarren när fingrarna fick spela fritt. Andetagen blev lugna och harmoniska, och han kände en stillhet i bröstet. Allt skulle bli perfekt, allt var som det skulle vara och det fick vara nog för nu. Han skulle ta tag i allt så småningom, allt hade sin tid.

Tonerna dansade i luften, mjuka och omfamnande, som om varje ackord bar med sig ett löfte om ro. Pontus blundade och lät musiken skölja över honom som en våg som långsamt drog sig tillbaka och lämnade efter sig en känsla av frid.

Tankarna som tidigare snurrat i ett kaos hade äntligen börjat tystna. Här, i det ögonblicket, existerade bara nuet. Gitarren i hans händer, den varma luften runt omkring honom, och den dova rytmen av hans egna andetag. Inget mer behövdes.

Han skulle hinna ta tag i det när tiden var inne, han behövde inte lösa allt på en gång. Det fanns en enorm trygghet i att släppa taget för en stund, att förstå att allt inte behövde ske på en gång. Musiken gav honom just den påminnelsen, att allt hade sin tid, och just nu var det tid att bara vara.

Strängarna vibrerade under hans fingrar en sista gång, och när den sista tonen ebbade ut, öppnade han ögonen andades ut. Allt skulle ordna sig.

~ * ~

Pontus vaknade tidigt på morgonen, nervositeten höll honom
vaken trots att kroppen skrek efter sömn. Idag var dagen för
hans första framträdande, och han visste att detta var mer än en
kväll med musik. Det var hans chans att ta ett steg mot
drömmen som han kämpat för. Med gitarren på ryggen och
tankarna fulla av förväntan, begav han sig mot kaféet.

När han kom fram möttes han av en scen som fyllde honom
med lika delar stolthet och nervositet. Kaféet, som i vanliga fall
var en plats för avslappnade samtal och nybakade bullar, hade
förvandlats till en livfull plats för konst och musik. Flygblad
med färgsprakande annonser om kvällens musikevent hängde
på varje vägg och fönster, inte bara på kaféet utan runt hela
kvarteret. Scenen i hörnet av rummet var noggrant byggd med
ljusriggar och ljudsystem, och väggarna pryddes av Naomis
tavlor, var och en belyst med små spotlights som framhävde
hennes unika stil.

Pontus lade märke till detaljerna – de små bordsdekorationerna med musiknoter, mjuka kuddar på stolarna och en välkomstskylt vid dörren som lovade gästerna en kväll fylld av kreativitet. Hans hjärta fylldes av tacksamhet för Angelo, Naomi och Hanna, vars insatser gjorde kvällen möjlig. Han tog ett djupt andetag, försökte samla mod, och gick fram till scenen.

Angelo stod vid ljudbordet och vinkade åt honom med ett brett leende. "Hej, Pontus! Redo att sätta upp?" ropade han över sorlet av förberedelser.

Pontus svarade med ett nervöst leende och försökte dölja klumpen i magen. "Ja, absolut. Tack för allting, Angelo. Det här ser fantastiskt ut."

Angelo klappade honom på axeln och fyllde rummet med sin energi. "Det här är bara början, min vän. Vi har lagt ner så mycket på detta, och ikväll kommer allt att falla på plats. Du kommer att vara grym, jag lovar."

Med hjälp av Angelo började Pontus rigga upp utrustningen. Han anslöt gitarren till förstärkaren, kontrollerade mikrofonerna och testade ljudet. Men trots att allt gick smidigt kände han nervositeten växa. Gästerna började fylla kaféet, och sorlet av röster skapade en livlig stämning. Naomi anlände och hennes varma leende lugnade honom för ett ögonblick. Hon lade en hand på hans arm och viskade, "Du kommer att klara detta galant, Pontus. Lita på dig själv."

Naomi gick vidare för att prata med gäster och såg till att tavlorna hängde perfekt. Hon hade marknadsfört evenemanget flitigt, och Pontus visste att många av de närvarande var där tack vare hennes ansträngningar. Angelo, som verkade ha överlevt på endast kaffe de senaste dagarna, tog en paus för att sätta sig med Pontus vid ett av de små borden nära fönstret.

"Det är otroligt vad du har gjort här, verkligen Angelo", sa Pontus mellan tuggorna av sin smörgås som Angelo räckt över. "Jag kan inte fatta att det verkligen händer."

Angelo skrattade, ett ljud fyllt av trötthet och glädje. "Tack, Pontus. Det har varit galna dagar, jag borde testa "kaffe med dropp", fortsatte han och gav Pontus en "blinkning".

Pontus nickade och tog en klunk av sitt vatten. "Jag hoppas att allt går bra. Det här är så viktigt för mig."

Angelo lade ner kaffekoppen och lutade sig framåt. "Slappna av, du har det i blodet. Det är din kväll. Låt musiken tala, och njut av varje sekund."

När kvällen närmade sig, började fler bekanta ansikten dyka upp. Plötsligt såg Pontus sin mamma och pappa Mikael komma in genom dörren. Hans mamma log varmt och vinkade, medan Mikael såg sig skeptiskt omkring, tydligt obekväm i miljön. Pontus visste att hans pappa hade kommit för hans mammas skull, men trots det kände han en klump i magen. I vimlet av människor kunde han också skymta Vesta med sitt röda hår och några av deltagarna från retreatet, som gärna ville vara med och stötta sin nyfunna vän.

Sorlet av förväntansfulla röster fyllde rummet när gästerna småpratade och väntade på att kvällen skulle börja.

Kaffemaskinen surrade, och doften av nybryggt kaffe blandades med aromen av nybakade Chocolate chip cookies som Hanna hade ställt fram på disken. Ljusen som Angelo hade satt upp kastade ett varmt sken över rummet, vilket skapade en inbjudande och intim atmosfär.

Pontus kunde höra fragment av samtal från publiken som började samlas. De pratade om kvällens förväntningar, om tavlorna som prydde väggarna, och om musiken de snart skulle få höra. Med varje minut som passerade blev han mer och mer redo att kliva upp på scenen. Han hade förberett sig väl, spelat in ett elektroniskt track som skulle vara bakgrund till hans gitarrspel, och nu var allt klart. Nu återstod bara att övervinna sin nervositet och ge sitt bästa.

När tiden var inne, tog Angelo mikrofonen och fångade publikens uppmärksamhet. "God kväll, allesammans!" ropade han med entusiasm. "Tack för att ni kom hit för att fira vår första musikkväll här på kaféet. Vi är otroligt glada att ha er här och ser fram emot en fantastisk kväll fylld med musik och konst. Och nu, låt mig presentera kvällens huvudartist, Pontus!"

Pontus tog scenen till ljudet av applåder och jubel. Han grep mikrofonen, hans hjärta dunkade hårt, men hans röst var stadig. "Hej allihop. Tack för att ni är här ikväll. Jag hoppas att ni kommer njuta av musiken och atmosfären. Ska vi köra, är ni redo?"

Publiken svarade med entusiastiskt jubel, och Pontus tog upp sin gitarr. När hans fingrar började dansa över strängarna, fyllde musiken rummet med en kraft som bara kunde komma från hjärtat. För varje ton kände han sig starkare, som om han delade en del av sig själv med varje person där.

~ * ~

Tonerna från hans gitarr fyllde kaféet med en mjuk, melodisk klang. Hans fingrar dansade över strängarna med en precision och inlevelse som fångade varje åhörares uppmärksamhet. Publiken, som nyss småpratat och sorlat, blev plötsligt knäpptyst. Det var som om hela rummet höll andan tillsammans.

Pontus musik berättade en historia som ord inte kunde fånga. Melodierna flödade genom rummet och svepte in alla i en magisk atmosfär. Angelo stod i bakgrunden, ett brett leende på läpparna, och kunde inte låta bli att känna en enorm stolthet över sin vän.

Runt omkring i kaféet utbytte gästerna förundrade blickar. Några av dem stängde ögonen och lät musiken bära dem bort, medan andra stirrade fascinerat på Pontus, som om han var den enda personen i rummet. Vesta och retreat-deltagarna satt med leenden och blanka ögon, tydligt rörda av musiken.

Vid ett bord längst bak satt Pontus föräldrar. Hans mamma log brett, hennes ögon lyste av stolthet och tårar började fylla hennes ögonvrår. Mikael, däremot, satt stelt och såg sig om i rummet. Han hade gått med på att komma för sin frus skull, men han var fortfarande skeptisk till hela arrangemanget. Men nu kunde han inte ignorera den effekt Pontus musik hade på publiken.

Mikael såg hur alla i rummet verkade uppslukade av musiken. De uppskattade det de hörde, och det syntes tydligt på deras ansikten. Han såg människor som lutade sig framåt i sina stolar, deras blickar fokuserade på Pontus som om han trollband dem med sin musik.

varje ton. Några nickade långsamt i takt med musiken, och andra satt helt stilla, förtrollade av ögonblicket.

För varje melodi och varje ackord såg Mikael mer och mer förvånad ut. Han hade alltid sett Pontus musik som en hobby, något som distraherade från det verkliga livet och arbetet. Men nu, när han såg sin son stå där och skapa något så vackert och kraftfullt, började hans åsikter sakta förändras. Han insåg att detta inte bara var en hobby för Pontus, det var hans passion, hans sätt att uttrycka sig och nå ut till andra.

Pontus fortsatte att spela med en intensitet som växte för varje sekund. Publiken satt som trollbundna, deras ansikten upplysta av de mjuka ljusen i rummet. Varje ton, varje melodi, varje ögonblick var laddat med en känsla som fick dem att känna sig levande och närvarande.

När han spelade sin sista ton, ekade den ut i den tysta lokalen och lämnade ett spår av magi i luften. För ett ögonblick var allt stilla. Sedan brast publiken ut i applåder, jubel och uppskattande rop som fyllde rummet. Pontus stod där, svettig och andfådd, men med ett stort leende på läpparna. Han hade gjort det. Han hade nått fram.

Mikael kunde inte låta bli att klappa med, även om han fortfarande var förvånad och lite skakad. Han såg på sin son med nya ögon och förstod att det fanns mer till Pontus än han någonsin hade insett. Kanske var det dags att släppa sina förutfattade meningar och börja stödja honom på riktigt.

Pontus tackade publiken, tog ett steg tillbaka och bockade lätt. När han tittade upp, mötte hans blick Naomis. Hon stod längst fram, hennes ögon strålade av stolthet och glädje. Det var ett ögonblick av triumf för honom, ett ögonblick som skulle förändra allt.

Pontus tog en klunk av vatten, tog ett djupt andetag och steg tillbaka till mikrofonen.

”Jag har en sista överraskning för er”, sa han och log. ”Naomi, skulle du vilja komma upp och hjälpa mig med den här?”

Naomi såg förvånad ut men reste sig och gick fram till scenen. Pontus räckte ut handen och hjälpte henne upp.

"Bara låt musiken styra dina ord", viskade han till henne och gav henne en mikrofon.

Hon nickade, nervöst men beslutsamt, och tog plats vid hans sida. Pontus började spela en mjuk melodi, melodin som han hade skrivit med inspiration av henne. Tonerna var fyllda med värme och känsla, och det dröjde inte länge innan Naomi började sjunga.

Hennes röst var klar och stark, fylld med en rå, ärlig känsla som grep tag i varje person i publiken. Orden flödade naturligt, som om musiken och hennes själs innersta känslor smälte samman. Hennes ord träffade publiken rakt i hjärtat och många satt med tårar i ögonen.

Pontus gick helt in i musiken, hans fingrar rörde sig över gitarrsträngarna med en ömhet och precision som förstärkte varje ord Naomi sjöng. Tillsammans skapade de ett ögonblick av ren magi på scenen, ett ögonblick som kändes tidlöst och evigt.

Mikael satt och kämpade med sina känslor. När han hörde sin sons musik och Naomis röst förenas, brast något inom honom. En känslostorm vällde upp, en blandning av stolthet, ånger och en djup rörelse. Han försökte förtränga tårarna som hotade att komma, men de var omöjliga att ignorera, något inom honom öppnades.

Pontus mamma satt bredvid honom, torkade en tår ur ögonvrån och lade en hand på hans rygg. "Tänk dig, Micke", viskade hon, "det är vår son det."

Mikael nickade stumt, för första gången på länge oförmögen att tala. Han kunde bara sitta där, förundrad och rörd, medan hans son och Naomi fyllde rummet med sin musik och sina känslor.

När låten närmade sig sitt slut, fanns det en andlös tystnad i kaféet. Pontus och Naomi avslutade i perfekt harmoni, och när den sista tonen dog ut bröt publiken ut i ett dån av applåder och jubel. Naomi log brett och bockade tillsammans med Pontus, deras händer fortfarande sammanflätade.

Det var ett ögonblick av transformation, ett ögonblick de aldrig kunde föreställa sig i sin vildaste fantasi.

Pontus drog henne intill sig för en kram och hon begravde sin lilla solkyssta figur i hans armar. Magin hängde i luften.

~ * ~

Angelo kom upp på scenen, vinkade till publiken och tystade jublet med ett brett leende. "Tack, tack allihop för ert fantastiska stöd ikväll", började han, och hans röst bar en tydlig entusiasm. "Det här har varit en magisk kväll, och jag är glad att kunna säga att våra musikkvällar kommer att fortsätta hela sommaren, två dagar i veckan, med öppen scen." Publiken svarade med mer applåder och rop av uppmuntran.

Angelo fortsatte, "Och glöm inte att Naomis tavlor, som ni kan se runt omkring er, är till salu. Jag ser redan att många av er visar intresse, så tveka inte att fråga om ni vill veta mer." Runt om i kaféet kunde Naomi se hur flera personer reste sig och närmade sig hennes tavlor, studerade dem noggrant och diskuterade med varandra. Ett leende spred sig över hennes ansikte, och hon kände en värme inombords. Det var en bekräftelse på att hennes arbete uppskattades.

Vesta och retreatdeltagarna kom fram till dem med lysande ögon. "Det här var en fantastisk kväll", sa Vesta och gav Naomi en varm kram. "Ni var otroliga båda två."

"Ja, verkligen", instämde Clara och Ester nickade nöjt och höll med. "Pontus, din musik var så rörande, och Naomi, din sång... den träffade oss rakt i hjärtat."

Pontus log blygsamt och tackade dem. Det var uppenbart att han var överväldigad av all uppskattning. Just då såg han sina föräldrar närma sig, hans mamma strålande av stolthet medan hans pappa såg mer eftertänksam ut. "Jag är så stolt över dig, min son", sa hans mamma och gav honom en varm kram. "Det här var verkligen något speciellt."

Mikael stod bredvid och nickade. "Pontus, kan vi prata en stund?" sa han och drog honom bort från sorlet i kaféet. Pontus följde sin pappa ut på den lilla bakgården, där den sena kvällens tystnad och svalka omgav dem. Hans hjärta bultade fortfarande efter uppträdandet, och osäkerheten gnagde i bakhuvudet om vad detta samtal skulle föra med sig.

Ljusslingorna som hängde ovanför bakgården kastade ett mjukt sken över uteserveringen, där blommorna vajade lätt i nattbrisen. Bruset från musiken och de glada skratt som fyllde kaféet dämpades bakom dem, som om världen plötsligt stannat upp för ett ögonblick. Månen, stark och klar, lyste över Mikaels ansikte och avslöjade en ovanlig mjukhet i hans uttryck.

Han stod tyst en stund, händerna nedstuckna i fickorna. Det verkade som om han samlade sina tankar. Efter en lång suck vände han sig till Pontus och sa, "Pontus, jag måste erkänna att jag aldrig riktigt förstått din passion för musik. Men ikväll... ikväll såg jag något annat. Du har en gåva, något som berör människor på ett sätt som jag aldrig trodde var möjligt."

Pontus kände en klump i halsen, orden verkade förlamade. "Jag har alltid velat visa dig att det här är viktigt för mig. Musik är inte bara en hobby, det är min dröm. Det är vem jag är."

Mikael nickade, hans ögon fyllda av en sorg som Pontus inte kunde förstå. "Jag förstår det nu. Och även om jag fortfarande är osäker på hur du ska klara dig på det, kan jag inte förneka vad jag såg ikväll. Du gjorde mig stolt, Pontus."

Pontus visste inte hur han skulle svara. Lättnaden i hans bröst blandades med skepticism. "Tack. Det betyder mycket att höra dig säga det, men... menar du verkligen det? Är detta bara för ikväll?"

Mikael såg honom direkt i ögonen, en blick fylld av allvar och något som Pontus inte ofta såg, ödmjukhet. "Jag menar varje ord. Jag vet att jag har varit hård mot dig, och jag kanske inte alltid har varit rättvis. Men jag vill försöka göra det bättre. Vad sägs om att du arbetar halvtid på företaget? På så sätt kan du fortsätta med musiken, och om det behövs kan jag täcka upp för dig ekonomiskt tills du står stadigt."

Pontus kände hur världen snurrade ett slag. Han stirrade på sin pappa, som plötsligt inte verkade så avlägsen. "Är du säker på det? Det är ett stort steg."

Mikael nickade, hans röst en aning mjukare än tidigare. "Ja, jag är säker. Jag vill att du ska ha chansen att följa din dröm. Jag ser nu hur mycket det betyder för dig, och jag vill inte vara den som håller dig tillbaka längre. Det är inte mitt liv du ska leva. Jag har äntligen förstått det."

En ensam tår föll från Pontus kind, han lät den falla. För första gången kände han sig fri. "Tack, pappa." De delade en tyst stund, där ord inte behövdes. Ljuset från slingorna ovan dem kändes som en symbol för en ny början, en bro mellan dem som äntligen byggts.

Mikael bröt tystnaden med ett snett leende. "Hon är fantastisk, den där Naomi", sa han nästan i förbifarten. "Smart, en grymt bra röst, och jag ser hur du verkar trivas i hennes sällskap."

Pontus tittade ner på marken, hans blick fastnade på några porslinsbitar som glimmade i det svaga ljuset. "Det är inget sånt, pappa", sa han snabbt och viftade avvärjande med handen. "Vi är bara vänner."

Mikael hummade, lutade sig framåt som om han var på väg att säga något mer, men istället log han bara snett. "Jaja. Om du säger det."

"Kom, låt oss gå tillbaka in till de andra. Det är fortfarande din stora kväll", fortsatte Mikael och klappade Pontus på ryggen.

När de steg in i kaféet igen, möttes de av värmen från lågmälda samtal och skratt. Naomi och Angelo stod tillsammans med Vesta, Clara och Ester. Deras ansikten lyste av glädje och energi, en bild av gemenskap.

Pontus mamma såg dem komma tillbaka och vinkade dem över. "Allt okej?" frågade hon mjukt.

Pontus nickade och log. "Ja, mamma. Allt är okej."

Hanna närmade sig med ett brett leende. Hon sträckte ut armarna och gav Pontus en kram. "Pontus, vilken magisk musikkväll du har gett oss", sa hon entusiastiskt. "Du är verkligen begåvad, och jag är så glad över att ha dig som en del av våra musikevenemang."

Pontus log och svarade, "Tack, Hanna, men Angelo är den som gjort allt detta möjligt. Hans engagemang har varit fantastiskt."

Hanna log och rörde sig vidare för att tacka Angelo. Han gick runt i kaféet, minglade med gästerna, och njöt av att se sin vision blomma ut. Angelo verkade som en regissör för kvällen, rörde sig mellan borden, skrattade med gäster och delade ett ord här och där. Han var mycket stolt över vad han och Pontus hade åstadkommit tillsammans.

Naomi fångade Pontus blick från andra sidan rummet. Hennes leende var varmt, och han kände hur hans hjärta slog lite snabbare.

Hon närmade sig och sa, "Pontus, jag är så stolt över dig. Det har varit en magisk kväll, och jag är glad att jag fick vara här med dig."

Pontus ville säga något, något som kunde förklara vad han kände, men orden svävade bort innan de nådde hans läppar. Istället log han varmt och nickade, som om han visste att deras tid att dela dessa känslor ännu inte hade kommit.

När kvällen blev natt, fylldes kaféet med skratt, samtal, kaffedrinkar och musik. Det var en kväll som skulle bli ihågkommen. Angelo och Hanna hade fyllt kaféet med nytt liv inför framtiden, de hade startat något som både Naomi och Pontus var stolta över att vara en del av.

~ * ~

Det var en stilla morgon i Naomis lägenhet. Solens första strålar letade sig in genom gardinerna och målade mjuka ljusstrimmor över vardagsrummets golv. Där på soffan låg Pontus, fortfarande djupt försjunken i sömnens famn. Naomi smög sig närmare och betraktade honom med ett mjukt leende. Han såg fridfull ut, med ett lugn som bara sömnen kan ge.

Naomi och Pontus hade hjälpt Angelo, Hanna och resten av personalen att städa efter musikkvällen. Kaféet hade varit öppet en stund efter midnatt och gästerna verkade ha haft det underbart. De tre hade haft sällskap hem till huset där de fortsatt att samtala om den lyckade musikkvällen sittandes i Naomis lägenhet. Pontus hade somnat i soffan efter ett tag och hon lät honom vara medan hon och Angelo gått och lagt sig i sovrummet.

Även nu på morgonen lät hon honom fortsätta att sova och begav sig istället till köket. Kaffe var en välkommen rutin, särskilt denna morgon efter den långa kvällen på kaféet. Medan kaffet bryggdes tog hon en snabb titt på sin telefon. Där fanns ett sms från Hanna, en glädjande nyhet som värmde henne ännu mer än det sköna morgonljuset.

"Jag har sålt 5 tavlor här på kaféet. 30 000 kr har jag fått ihop för dem", läste hon högt för sig själv innan hon genast ville dela den goda nyheten med killarna. Hon bar ut tre muggar kaffe till vardagsrummet där Pontus nu hade vaknat till liv och Angelo satt bredvid. De satt yrvakna i soffan och gäspade när hon kom in med det rykande kaffet och några smörgåsar som hon snabbt slängt ihop.

"Killar, jag måste berätta något fantastiskt", sa hon med en glädje som lyste i hennes ögon. "Hanna har meddelat att hon har sålt 5st av mina tavlor och fått ihop hela 30 000 kronor!" Pontus och Angelo utstrålade lika stor glädje och stolthet över hennes framgång.

"Grattis, Naomi, det är ju grymt bra", sa Angelo medan han sippade på sin kopp kaffe och rättade till håret som lagt sig i ögonen. Pontus nickade medhållande åt Naomis håll. Angelo tittade snabbt på klockan och sa med bestämd röst, "Nej, duschen kallar. Jag måste tillbaka till kaféet snart, jag har ett möte med Hanna." Han slukade sin smörgås och försvann mot badrummet.

När Angelo hade gått för att duscha satt Naomi och Pontus kvar i vardagsrummet, lite förvånade av att Angelo redan skulle i väg igen. Solens strålar fyllde fortfarande rummet med en varm glans när Naomi plötsligt vände sig mot Pontus med en allvarlig blick.

"Vad har vi egentligen mellan oss?" frågade hon, rakt på sak. Pontus, som inte hade förväntat sig den frågan, blev genast nervös och lite överrumplad. Hans ögon tittade ner i golvet och han ryckte till lite innan han svarade,

"Jag vet inte riktigt vad du menar, vi har väl inget mellan oss? Eller menar du Angelo?" Det var en klumpig replik och han undvek ögonkontakt. Tystnaden blev obekväm och Naomi såg på honom med en mild men beslutsam min.

"Nej, inte Angelo, mellan oss, dig och mig!" fortsatte hon, och förstod att det var ett känsligt ämne för honom. Pontus reste sig hastigt upp från soffan och sa snabbt, "Jag tror att jag... Jag måste nog tillbaka in till mig, har en grej jag måste ordna", innan han skyndade sig att samla ihop sina saker och halvsprang ut från lägenheten.

Angelo kom ut från duschen och märkte omedelbart den ansträngda stämningen. "Var är Pontus?" frågade han förvånat när han såg att rummet var tomt. Naomi suckade lätt och försökte skaka av sig den obekväma situationen. "Han... gick bara. Jag tror att han hade bråttom till något som skulle fixas." Angelo nickade långsamt och såg fundersam ut, men han ställde inga fler frågor. Istället gick han för att klä sig inför sitt möte med Hanna. Naomi satt kvar i morgonsolens strålar och tittade efter Pontus, han var verkligen svår att ta på.

Pontus stod utanför sin lägenhetsdörr med en knottrig panna och en tyngd i bröstet. Han visste att han hade betett sig illa mot Naomi och Angelo. Varför kunde han inte bara vara ärlig? Varför hade han flytt istället för att hantera sina känslor som en vuxen?

Han svalde hårt och satte nyckeln i låset, men just när han skulle vrida om stannade han upp. Något inom honom viskade att det var dags att sluta fly. Med en bestämd rörelse drog han tillbaka nyckeln och vände sig om. Hans steg ekade i trapphuset när han styrde mot Vestas dörr. Han behövde någon att prata med, någon som kunde hjälpa honom att förstå sig själv.

När Vesta öppnade dörren mötte hennes vänliga leende honom, men hon såg genast att något var fel.

"Pontus! Vilken kväll det var igår på kaféet! Du var fantastisk!" sa hon glatt, men hennes röst bar en underton av oro.

Pontus skakade på huvudet, hans röst var lågt pressad och fylld av självkritik. "Tack, Vesta, men jag... jag behöver hjälp. Jag tror jag håller på att tappa det. Mina känslor för Naomi...jag vet inte vad jag ska göra."

Vestas leende förblev varmt, men hennes blick blev allvarligare. Hon öppnade dörren på vid gavel och gestikulerade åt honom att kliva in. "Kom in, Pontus. Det låter som att vi behöver prata."

Inne i Vestas hem möttes han av den välbekanta doften av lavendel och rökelser. Ett mjukt ljus från stearinljus och ljusslingor fyllde rummet, och lugnande toner spelade lågt i bakgrunden. Atmosfären var som en trygg famn, och Pontus kunde känna spänningarna i kroppen börja lätta bara av att vara där.

Vesta satte sig ner på en kudde bland de många som fyllde golvet och bjöd Pontus att göra detsamma. "Vad säger du om att vi börjar med att hitta lite lugn?" föreslog hon.

Pontus nickade långsamt och slog sig ner. När han lutade sig tillbaka mot kuddarna, kändes det som om rummet andades med honom. Vesta började leda honom genom andningsövningar, och hennes röst var som en stilla våg, mjukt svepande genom rummet.

"Andas in djupt och låt spänningarna rinna av dig när du andas ut", sa hon. "Låt axlarna sjunka ner och släpp taget om allt som tynger dig."

Pontus följde hennes instruktioner och kände hur varje andetag förde honom närmare ett inre lugn. När hans andetag blev jämnare och djupare, kände han sig för första gången på länge förankrad i nuet. Doften av rökelser fyllde luften, och ljusen kastade ett varmt sken över rummet.

Plötsligt hördes ett mjukt tassande från sovrummet. Vega och Moon, Vestas katter, smög in med sina nyfikna blickar och tog plats bredvid Pontus.

Vesta skrattade lågt och sa, "Det verkar som om de också vill vara med och hjälpa dig att hitta lugnet."

Pontus kunde inte låta bli att le, och en oväntad känsla av lätthet sköljde över honom. Katternas stillsamma närvaro kändes som ännu en påminnelse om att han var i trygghet. När meditationen fortsatte, började den tyngd han burit på långsamt försvinna. Det var som om Vestas röst och katternas närvaro skapade en bubbla av frid där inget annat kunde tränga in.

Efter meditationen satt Pontus kvar, omsluten av stillhet och reflektion. Vesta bröt tystnaden med sin varma, lugna röst.

"När du släpper rädslan", sa hon, "och släpper alla krav och förväntningar, då kan du bara vara dig själv. Och det är mer än tillräckligt."

Pontus nickade, hennes ord träffade en plats inom honom som hade varit gömd länge. "Jag inser att jag har kämpat så hårt för att vara någon jag tror att jag borde vara", erkände han. "Jag har aldrig vågat bara vara mig själv."

Vesta lade en hand på hans axel och log. "Det är inte lätt att vara sann mot sig själv, men när vi vågar vara sårbara öppnar vi dörren för verklig styrka. Det är där din inre kraft ligger, Pontus – i att vara autentisk."

Hennes ord var som en nyckel som låste upp något inom honom. För första gången sedan retreathelgen kändes det som om han kunde börja släppa taget om fasaden han burit. "Tack, Vesta", sa han, och hans röst bar på en blandning av tacksamhet och lättnad. "Det här var precis vad jag behövde just nu."

Vesta log mjukt och följde honom till dörren. "Kom ihåg, Pontus, din styrka ligger i att vara dig själv. Det är fint att se dig öppna upp mer och mer."

När dörren stängdes bakom honom, kände Pontus hur en ny klarhet föddes inom honom. Han hade en lång väg att gå, men han visste att han inte behövde bära allt ensam längre.

~ * ~

På vägen upp till sin lägenhet stötte Pontus plötsligt på Naomi som var på väg ut. Hon försökte ignorera honom, blicken fast besluten att inte möta hans. Men Pontus, fylld av en ny beslutsamhet, sträckte ut handen och fångade hennes vid trappräcket.

"Naomi, vänta", sade han mjukt, men med en intensitet som fick henne att stanna. Hon såg förvånad ut, men hon stannade och vände sig om. "Förlåt för förut", fortsatte Pontus och tittade henne rakt i ögonen. Hans röst var ärlig och sårbar. Naomi suckade lätt och försökte le. "Det är lugnt, Pontus. Jag förstår." Men Pontus skakade på huvudet och höll hennes hand lite hårdare, inte för att hålla henne kvar, utan för att visa sin uppriktighet. "Nej, Naomi, du förstår inte alls", sade han – hans röst nu fylld av både frustration och en nyfunnen klarhet. "Jag har kämpat med mina känslor och har varit rädd för att vara ärlig. Det är inte rättvist mot dig."

Naomi såg förvånad ut, men hennes ögon mjuknade när hon såg den uppriktighet som lyste i Pontus blick. Det var en ny sida av honom, en sida hon aldrig sett förut. Pontus och Naomi sjönk ner i trappan, och de mjuka solstrålarna strilade genom fönstren och kastade långa skuggor över de slitna trappstegen. Luften var fylld av en lätt doft från grannarnas blommor som växte i trappuppgångens fönsterbrädor.

De satt tysta en stund, och bara ljudet av stadsbruset utanför fyllde tystnaden. Pontus tog ett djupt andetag och började prata. "Jag har velat säga så mycket till dig, ända sedan jag såg dig första gången i trappan när du flyttade in. Du hade den där stora flyttlådan i famnen och ditt leende fyllde hela huset med liv, och jag tänkte direkt att jag ville lära känna dig. Men jag var alltid för rädd för att vara ärlig."

Naomi nickade långsamt, hennes blick fast vid hans. "Jag förstår", svarade hon tyst. "Jag har också mina egna rädslor. Jag trodde jag hade tappat bort mig själv efter mitt senaste uppbrott, jag ville hitta tillbaka till glöden igen men visste inte hur."

"Du och Angelo har visat mig vägen, vi har upplevt saker som jag inte trodde var möjligt. Ni har hjälpt mig hitta tillbaka till mig själv igen. Jag känner mig oerhört trygg med er, och det brukar jag inte känna mig bland män, trygg alltså."

Hon tog ett djupt andetag och fortsatte, "Pontus, jag är verkligen glad över ditt vänskapliga stöd. Du är en så fin vän, en sådan vän alla borde ha, och en man alla kvinnor bör leta efter."

Pontus kände en knut i magen och avbröt henne innan hon hann säga mer. "Är det bara vänskap vi talar om här eller...?" Hans röst var fylld av en blandning av hopp och osäkerhet.

Naomi tittade på honom, och hennes ögon mjuknade. Hon log försiktigt och svarade, "Du är en fin vän, 'Tusse'." Pontus kände en blandning av lättnad och besvikelse svepa över sig, hennes ord, "vän" skar i honom. Det var som en dörr stängdes framför honom och ändå satt han där för första gången sårbar framför henne. Han nickade och försökte le tillbaka. "Tack, Naomi. Jag är glad över att du ser mig som en vän", sa han till slut, men rösten svek honom lite.

Det var inte riktigt sant, inte längre. Han hade hoppats att hon kanske sett något mer i honom, nu när han visat sitt sanna jag.

Naomi lutade sitt huvud mot hans axel, de satt kvar på trappan en stund till. Hon visste inte vad som pågick inuti honom, stormen av känslor, osäkerheten som slet i honom. Hur kunde hon veta? Han hade aldrig sagt det rakt ut, aldrig riktigt vågat erkänna det för henne, än mindre för sig själv.

Pontus sneglade ner på henne, hennes ansikte så lugnt och tryggt mot hans axel. Det var något nytt som hade skapats mellan dem, han pressade tillbaka sina egna tankar och fortsatte hålla armen om henne, rädd för vad som skulle hända om han verkligen avslöjade allt. Det fanns fortfarande tid och han var tacksam över här och nu, fastän han djupt inom sig önskade att hon förstod att det handlade om mer än bara vänskap för honom.

Han tänkte på hur det var i största allmänhet med allt sådant där som känslor. Ett par drinkar, kanske ett par öl, och plötsligt rann allt ut – känslorna, bekännelserna, de trevande orden. Alkoholens slöja gav ett falskt mod, en tillfällig avstängning av tankar om vad som kunde gå fel.

Han mindes de vilda universitetsfesterna. Hur killarna alltid skämtade högt, klappade varandra på axeln och skrek åt varandra över det dånande musiken. En gång hade han sett en av dem stå lutad över ett bord, med händerna knutna kring en ölflaska, medan han mumlade något till en tjej som försvann nästan lika snabbt som hon kom. Och när bekännelserna kom fram ofta korta, skämtande – var det alltid med ett leende som ursäkt. Som om det inte spelade någon roll.

Men bakom allt det där fanns samma gamla rädsla. Rädslan av att bli sedd för den man verkligen var. Rädslan av att någon skulle komma för nära, förbi maskerna och fasaderna. Den där paniken av att vara sårbar. Han visste hur det var. Han hade skrattat bort det själv så många gånger, låtsats att han inte brydde sig.

Varför var man som kille tvungen att vara så förbannat hård?

Han tänkte på alla gånger han bitit ihop. Som när han i tonåren brutit handleden under en fotbollsmatch och bara hållit käften tills det blev ohållbart. Hur hans pappa hade klappat honom på ryggen och sagt: "Du är en riktig krigare."

Känslor, gud, vilken svaghet de var, eller så hade han i alla fall fått lära sig. Pappa Mikael hade alltid gömt sina så väl att de blivit osynliga. Kompisarna från universitetet hade skrattat bort sina, och samhället... ja, samhället fostrade "starka män." I åratal hade han låtsats hålla med.

Men muren han byggt hade börjat rämna.

Det var inte farligt att känna. Det var inte fel att släppa in någon på djupet.

Med Naomi... det var annorlunda. Hon såg honom. Hennes närvaro kändes som ett ljus i ett mörkt rum, och varje ord hon sa bar med sig en mening han inte vågade förstöra med ogenomtänkta utrop. Hon förtjänade det bästa. Hon förtjänade honom som han var – inte som någon maskerad version han hade skapat.

Men orden... de satt fast i halsen. Varje gång han försökte säga något verkligt, verkligt viktigt, stängdes locket och tystnade honom. Som om det inte fanns tillräckligt med luft.

Han kunde inte kasta sig ut nu. Inte än. Men en dag...

Han tog ett djupt andetag, som om det kunde räcka för att bära honom framåt. Någon dag skulle han säga det. Och när han gjorde det, skulle det vara helt och fullt utan masker, utan rädsla.

~ * ~

Naomi satt ensam i sin lägenhet, med fönstret öppet mot sommarens ljusa eftermiddag. En mild bris förde med sig doften av nyklippt gräs och blommor från trädgården nedanför. Hon hade en kopp te i handen och lutade sig tillbaka i soffan, djupt försjunken i tankar. Hon hade så mycket att reflektera över.

De senaste månaderna hade varit som en virvelvind, och hon kände sig fortfarande lite omtumlad av alla förändringar som hade inträffat i hennes liv. Naomi tänkte tillbaka på sin barndom i Afrika. Hon såg sig själv som den lilla flickan med stora drömmar som brukade sitta på stranden och fantisera om en framtid fylld av konst och kreativitet. Hon mindes doften av havet, ljudet av vågorna som rullade in och hur solen värmde hennes hud.

Det var där hennes drömmar hade börjat ta form, och hon hade aldrig föreställt sig att de en dag skulle börja förverkligas så snabbt. Hon log för sig själv när hon tänkte på hur hon hade kommit hit. Flytten till Sverige hade varit ett stort steg, men hon hade varit fast besluten att följa sina drömmar. Hon hade jobbat hårt, kämpat och aldrig gett upp, även när det kändes som om hela världen var emot henne. Och nu satt hon här, med fem sålda tavlor och 30 000 kronor på kontot, ett bevis på att hennes konst verkligen hade börjat nå ut till människor.

Men det var inte bara konsten som hade förändrat hennes liv. Hon tänkte på Angelo och Pontus, två personer som hade kommit att betyda så mycket för henne på så kort tid. Angelo, med sitt ständiga stöd och uppmuntran, och Pontus, med sin vänskap och även om hon inte riktigt ville erkänna det för sig själv, något mer. Hon tog en klunk av sitt te och lät tankarna vandra tillbaka till trapphuset där hon och Pontus hade suttit och pratat tidigare.

Det hade börjat kännas annorlunda, sättet han såg på henne, hur deras samtal aldrig verkade ta slut. Det var som om varje ord mellan dem bar på något mer, något som väntade mellan raderna. Men samtidigt fanns det en gnagande fråga inom henne, vågade hon riskera det fina de redan hade? Den vänskap som kändes som en trygg hamn kunde bli stormig om hon tog fel steg.

Samtidigt pirrade det av möjligheter, en gnista, en potential, något obestämt som kändes som att det behövde utforskas. Tänk om?

En osynlig mur av osäkerhet dök plötsligt upp i hennes huvud. Kanske var det sättet världen fungerade som spelade in, hur hon visste att människor såg på henne ibland. Kommentarerna hon hade hört i förbifarten genom livet, blickarna som stannade en sekund för länge när hon klädde sig färgglatt, hade sitt hår lite för "naturligt" eller sa något med självförtroende.

Hon hade utvecklat en försvarsmekanism, en inre rustning för att hantera dessa mikroaggressioner. Och trots att Pontus aldrig gjort eller sagt något som skulle ge henne anledning att tvivla, fanns den där osäkerheten ändå. Den satt fast som en liten tagg som ibland skavde.

Hon avbröt sig själv i sin dagdröm och lyckades med ett inre leende skaka av sig tanken och lät tankarna vandra vidare till sin mamma.

Det hade varit Naomi och pappa så länge, och de hade kämpat tillsammans genom livets utmaningar. Hennes mamma hade varit en konstnär också, och det var från henne Naomi hade ärvt sin kärlek till färg och skapande. Hon undrade ofta vad hennes mamma skulle ha tänkt om hennes konst nu, och om hon skulle ha varit stolt över hur långt Naomi hade kommit. "Jag önskar att du var här nu, mamma", tänkte hon, och kände en sorg men också en värme i bröstet.

Naomi reste sig och gick fram till fönstret. Hon tittade ut över trädgården och såg barn som lekte, människor som promenerade och solen som dansade på himlen. Hon andades in den friska luften och kände en känsla av lugn skölja över sig. Hon visste att hon hade kommit långt, men hon insåg också att resan bara hade börjat. Det var så mycket hon fortfarande ville uppnå, så många drömmar som fortfarande väntade på att förverkligas.

Naomi log för sig själv och vände sig bort från fönstret. Hon kände en ny beslutsamhet växa inom sig. Hon skulle fortsätta kämpa för sina drömmar, fortsätta skapa och fortsätta vara den starka, modiga, unga kvinna som hon alltid hade vetat att hon var. Hon gick tillbaka till sitt arbetsbord och satte sig ner. Hon tog fram sina målarverktyg och stirrade på den tomma duken framför sig. Varje penseldrag skulle vara ett steg framåt, ett uttryck för hennes resa och känslor.

Hon tog en pensel och doppade den i en rik blå färg, och med ett bestämt drag började hon måla. Färgerna flödade fritt, inspirerade av minnena från Kenya – det klarblå havet, de livliga marknaderna, den frodiga naturen. Hon lade till inslag av sitt liv i Sverige, de snötäckta landskapen, de gamla stenbyggnaderna, de tysta, stjärnklara nätterna.

Tavlan blev en fusion av hennes två världar, en representation av hennes resa från en drömmande flicka till en beslutsam och målmedveten kvinna. När hon målat en stund, stannade hon upp och betraktade sitt arbete. Färgerna verkade dansa på duken, berättade en historia om hopp, styrka och envishet. Hon kände en stolthet växa inom sig, en bekräftelse på att hon var på rätt väg.

Plötsligt ringde telefonen och drog henne ur sitt kreativa flow. Det var ett meddelande från Angelo, som undrade om hon ville träffas senare för att umgås lite på kaféet. Hon log för sig själv och svarade att hon gärna ville det. Hon visste att hon hade mycket att vara tacksam för, inte minst för sina vänner som alltid stöttade henne.

Med en känsla av tillfredsställelse packade hon ihop sina målarverktyg och gick mot köket för att göra lite mat. Hennes resa var långt ifrån över, men nu var hon redo att möta varje utmaning med öppna armar och ett beslutsamt sinne. Inget kändes ouppnåeligt längre, allt fanns där inom henne, inom dem alla att utforska. Angelo hade lämnat lite rester i kylskåpet från kaféet så hon kunde slänga ihop några smörgåsar med avokadohalvor, soltorkade tomater och en krämig ost gjord på valnötter.

Naomi tänkte på huset, hon drog sin hand längs med ena köksväggen i tacksamhet för vad hon fått uppleva hittills. Huset kändes magiskt, som att allt var möjligt här och att alla de som bodde här var en del av något större som tillsammans bildade en helhet som var så fantastiskt vacker.

"Tack huset, för allt", log Naomi och satte sig vid köksbordet för att njuta av sina smörgåsar innan hon skulle bege sig till Angelo.

~ * ~

Naomi drog snabbt på sig sina skor och vände nyckeln i låset till sin lägenhet. När hon tagit sig ner för trapporna och ut på gården, möttes hon av den välkända doften av nybryggt kaffe och nybakade croissanter som lockade henne mot kaféet.

Hon gick längs gatan och njöt av sommarvärmen, gatorna myllrade av liv. Människor rörde sig i en ström, som en färgrik mosaik av ansikten och kläder. Skratt och samtal fyllde luften, blandat med ljudet av bilar och cyklar som sicksackade fram mellan gående.

Naomi gick med målmedvetna steg och när hon närmade sig kaféet, såg hon Angelo stå utanför och prata med en granne. Han vände sig om när han hörde henne närma sig och ett stort leende spred sig över hans ansikte.

"Hej Naomi! Vilken perfekt dag", hälsade han glatt när hon kom närmare.

Naomi log tillbaka, känslan av förväntan fortsatte att växa inom henne. "Hej, Angelo! Visst är det underbart väder idag."

De gick in i kaféet tillsammans och fann en lugn plats vid fönstret. Naomi beställde en kaffe medan Angelo pratade med Hanna bakom disken. Hon kunde inte låta bli att märka hur lycklig Angelo verkade vara idag, hans ögon glittrade av en inre glöd, samma glöd som på musikkvällen.

När Angelo satte sig ner, märkte Naomi att han såg ut att ha något på hjärtat. "Du verkar glad idag, jag hoppas du delar med dig av de glada nyheterna."

Han nickade och en skymt av nervositet visade sig i hans ögon. "Absolut, du kommer inte tro det, jag har fått några spännande nyheter", började han, och Naomi kunde känna hur spänningen byggdes upp i rummet.

"Hanna gav mig chansen att ta över en franchise i utkanten av stan", fortsatte Angelo. "Det inkluderar ett eget kafé och till och med en lägenhet ovanpå, som jag kan hyra så länge jag jobbar för dem."

Naomi kände hur hennes hjärta slog lite snabbare av glädje för hans skull. "Wow, Angelo, det låter fantastiskt!" utbrast hon ärligt. "Det är verkligen en stor möjlighet."

Angelo log, men Naomi kunde inte undgå att märka en bittersöt underton i hans röst. "Ja, det är det verkligen", svarade han och såg ut att fundera. "Men samtidigt betyder det att jag måste flytta ut från dig."

Naomi kände en stöt av överraskning och en viss sorglighet. Hon hade vant sig vid att ha Angelo i sin närhet, att kunna träffas spontant och dela sina tankar och drömmar. Tanken på att han skulle flytta bort och att deras vardag skulle förändras kändes plötsligt verklig och nära, samtidigt som hon inte ville stå i vägen för hans fantastiska möjlighet.

"Det måste kännas stort att ta det här steget", sade hon mjukt, med förståelse i rösten. Hon försökte hålla ett varmt uttryck, men det var svårt att dölja den svaga skuggan av sorg som kröp fram i hennes ögon.

Angelo nickade, och Naomi kunde se en blandning av känslor i hans ögon, både glädje och tvekan. "Ja, det gör det verkligen. Jag älskar huset jag har fått bo i och atmosfären, men samtidigt vet jag att det är dags även för mig att ta steget mot något nytt, att börja om och få annat att tänka på."

Hanna var så nöjd efter musikkvällen att hon inte ens tvekade att fråga mig, jag får chansen att driva min egen verksamhet och vi kan även ha musikkvällar på nya stället."

Naomi såg glädjen i Angelos ögon, det var ju detta han hade önskat och drömt om. Hon var glad över vad han åstadkommit. "Det låter underbart Angelo, du måste ju tacka ja, det är ju allt du drömt om", svarade hon med ett leende.

De satt där en stund i tystnad, båda försjunkna i sina egna tankar och känslor. Utanför fönstret fortsatte staden att röra på sig.

Efter en stund bröt Angelo tystnaden. "Tack Naomi, för att du alltid har funnits där för mig. Jag uppskattar verkligen din vänskap."

Naomi mötte hans blick och kände en värme inom sig. "Du behöver inte tacka, Angelo. Vi är vänner, och det är vad vänner gör."

Angelo log tacksamt och de satt en stund till, tankarna snurrade i Angelos huvud. Han kunde knappt vänta med att börja. Att äga ett kafé var mer än ett jobb för honom, det var en passion, en dröm som han burit med sig i många år. Han föreställde sig hur hans kafé skulle se ut, en inbjudande plats där människor kunde samlas, koppla av och njuta av färskt kaffe.

"Jag ska skapa en atmosfär som känns som ett andra hem", tänkte han. "En plats där varje detalj, från inredningen till menyn, speglar min passion för kaffe och gemenskap."

Han föreställde sig mjuka soffor, träbord och gröna växter som skulle ge kaféet en varm och hemtrevlig känsla. Varje hörn skulle andas av hans personliga stil och engagemang. Angelo tänkte på menyn.

"Det ska finnas något för alla, från klassiska espressodrycker till unika kaffekombinationer och hembakade godsaker." Han ville erbjuda kvalitet men också skapa en meny som tilltalade alla smaker och preferenser.

Naomi satt tyst och sippade på sitt kaffe. Hon kunde nästan se vad han tänkte, glöden i hans ögon visade den där speciella passionen som någon hade som verkligen brann för det de gjorde. Angelo kunde skapa mästerverk med sin kaffekonst och hon tvekade inte en sekund på att det skulle bli en stor succé för honom att driva eget med Hanna som mentor.

"Angelo, har du skrivit på kontraktet än?" Naomi avbröt hans tankar. Angelo tittade upp ur sin dagdröm och log. "Ja, jag skrev på i morse. Nästa vecka ska jag åka ut med Hanna för att se lokalen och lägenheten."

"Hanna vill expandera och har länge funderat på en tom lokal som legat i utkanten av stan. Att starta en liten kafékedja är stort för henne och jag tror det är nästa steg att ta. Det blir hur bra som helst", svarade Angelo entusiastiskt. Naomi nickade instämmande och lät blicken vandra över kaféet som hon nästan kallade sitt andra hem nu. Några av hennes tavlor hängde kvar på väggarna och hon betraktade dem alla med stor vördnad. Angelo såg hennes blick vandra över lokalen och flikade in.

"Du Naomi, när vi inviger nya kaféet vill jag att du tar med några av dina tavlor. Jag vill att kaféet ska spegla din konst och bidra till den rätta atmosfär jag vill att stället ska ha, lika färgstarkt och levande som du."

Naomi log brett och fyllde i, "Det hade varit en ära, Angelo, att få hänga mina konstverk i ditt kafé. Säg bara till när så fixar vi det tillsammans." Angelo log brett.

När Naomi reste sig för att gå, kände hon en känsla av frid inom sig. Hon visste att även om Angelo skulle flytta ut, skulle deras vänskap fortsätta att blomstra. De hade delat så mycket tillsammans, och det fanns fortfarande så mycket mer att upptäcka. Det skulle kännas jobbigt i början att återigen bo ensam. Hon hade vant sig vid hans närvaro, hans kaffekopp på köksbordet på morgonen, hans matlagning, alla deras samtal, men hon visste samtidigt att situationen med att Angelo bodde hos henne inte var menad att vara för alltid. Han hade fyllt lägenheten med något hon inte visste att hon saknade, och nu var det dags att gå vidare.

Angelo reste sig också och kramade henne hejdå. "Vi ses efter jobbet, Naomi", sa han med ett leende innan han återgick till sina sysslor bakom kafédisken. "Absolut", svarade hon och vinkade när hon lämnade kaféet.

Naomi gick längs trottoaren, med den varma vinden lekandes i hennes flätade hår, men inom henne låg en tyngd som solen inte kunde skingra. Hon var självklart väldigt glad för hans skull, det var en dröm för honom att kunna ta över något eget och hon var överlycklig över att få ta del av allt det nya, men hon kunde inte hindra känslan av tomhet.

~ * ~

Efter en lång dag på kaféet steg Angelo in i lägenheten, trött men fylld av förväntan. De sista solstrålarna var på väg ner men letade sig in genom fönstret och gav vardagsrummet en gyllene glöd. Doften av något utsökt fyllde luften och hans mage kurrade genast. Naomi hade tänt ljus på matbordet och rummet badade i ett varmt sken som blandades med den ljumma eftermiddagssolen.

"Välkommen hem, Angelo!" ropade Naomi med ett brett leende, hennes händer färgade av oljefärger. "Jag har gjort en speciell middag för oss. Tänkte att vi kunde njuta av den tillsammans."

Angelo, ivrig och tankspridd, skyndade in i rummet men lyckades i sin iver att slå foten hårt i soffkanten. En rad svordomar flög ur hans mun medan han hoppade på ett ben och försökte gnugga bort smärtan.

"Jävla soffhelvete!" utbrast han och fortsatte med en ström av färgstarka uttryck. Naomi, som aldrig hört honom svära förut, stod förbluffad och kunde inte låta bli att fnittra åt den oväntade reaktionen.

"Ta det lugnt, Angelo", sa hon och gick fram för att hjälpa honom att sätta sig ner. "Du behöver inte slå ihjäl dig för att hinna till middagen."

Angelo tog ett djupt andetag och satte sig, försökte lugna ner sig. "Förlåt, Naomi. Jag är bara så uppspelt och rastlös."

Naomi klappade honom på axeln och log varmt. "Jag förstår, Angelo. Det är mycket som händer just nu."

När smärtan i foten äntligen började avta, tittade Angelo runt i rummet. Doften av en rykande gryta och nybakta tunnbröd fyllde hans sinnen. "Det ser fantastiskt ut, Naomi. Tack för att du gjort det här."

"Det var så varmt och stilla idag", sa Naomi och torkade händerna på en trasa. "Jag har suttit och målat hela eftermiddagen. Lägenheten känns som en kokong av kreativitet."

Angelo log åt hennes ord och tog en tugga av brödet som hon räckte honom. Smakerna exploderade i hans mun, och han insåg hur mycket han skulle sakna dessa stunder med Naomi. Samtidigt kunde han inte hjälpa att känna en spänning i kroppen, en rastlöshet som vägrade ge vika.

"Har du pratat med Pontus idag?" frågade Angelo plötsligt.

Naomi skakade på huvudet. "Nej, han har varit i väg och kollat på instrument till nästa gig. Men han kommer nog tillbaka snart."

Angelo nickade och tänkte efter en stund innan han svarade. "Efter middagen ska jag gå över till Pontus med lite dricka och tala om att jag ska flytta. Han borde få veta."

Naomi log och nickade. "Det låter som en bra idé. Han kommer att uppskatta det."

De fortsatte att äta under tystnad, fylld med värme och sällskap, medan solen sakta försvann bakom horisonten. Efter att ha ätit en stund reste sig Angelo upp.

"Tack för middagen, Naomi. Det var underbart. Men jag måste verkligen börja packa nu."

Naomi nickade och reste sig. "Vad bråttom du har med att flytta härifrån, det är väl inte jag som skrämmer bort dig?" sa hon skämtsamt och blinkade åt honom.

Angelo skrattade till och drog henne till sig. "Självklart kommer jag sakna det här, allt vi delat på så kort tid. Du är en bra vän, Naomi. Men detta är en chans jag inte kan säga nej till", fortsatte han och svängde runt henne i en lättsam piruett innan de stannade tvärt och såg ut över lägenheten.

"Såklart hjälper jag dig packa, Angelo", avbröt Naomi och gick till det lilla hallförrådet för att hämta Angelos gamla flyttkartonger. "Du ser, inte för så länge sedan använde du dessa för att flytta in här", fortsatte hon och kom tillbaka med ett gäng hopvikta kartonger.

Tillsammans började de gå runt i lägenhetens alla rum. De öppnade kartongerna och började systematiskt fylla dem med Angelos saker.

Naomi sträckte sig efter en hög med böcker och la dem varsamt i en kartong. "Det känns som att vi packar för ett äventyr", sa hon med ett mjukt leende.

Angelo nickade, hans ögon lyste av förväntan. "Det är precis vad det är. Ett äventyr."

När de hade packat en stund, kände Angelo att tiden var inne att tala med Pontus. "Jag ska bara snabbt gå över till Pontus och berätta om flytten. Jag kommer snart tillbaka och fortsätter packa." Naomi log och nickade.

Angelo tog med sig en flaska vin från kylen som han sparat och gick över till Pontus lägenhet. Han kände en lättnad att äntligen kunna dela sina planer med honom.

Angelo knackade på Pontus dörr med en lätt nervositet som darrade i hans kropp. Det hade varit en lång dag, fylld av förväntan och känslor, och nu var det dags att dela sina nyheter med en av sina närmaste vänner. Det tog bara några sekunder innan dörren öppnades, och Pontus stod där, lätt andfådd och med en gitarr över axeln då han precis klivit innanför dörren.

"Hej, Angelo! Vad gör du här?" sa Pontus förvånat och sköt undan några lockar av sitt rufsiga hår.

"Hej, Pontus. Tänkte att jag skulle komma förbi och prata lite. Jag har en flaska vin med mig", svarade Angelo och höll upp flaskan med ett leende. Pontus höjde ett ögonbryn och log skämtsamt.

"Vet Naomi om att du bjuder ut mig på vin? Hon kanske blir svartsjuk." De båda skrattade och Pontus klev åt sidan för att låta Angelo komma in.

Lägenheten var som vanligt ett kreativt kaos, fylld med instrument, noter och skisser. Den slitna soffan stod mitt i rummet, nu omgiven av staplade förstärkare och högtalare. Det kändes som att Pontus absolut inte tyckte om att städa men han visste nog vart varenda pryl var om man frågade.

"Kom in och sätt dig", sa Pontus och ställde gitarren mot väggen. "Vad vill du snacka med mig om?" Angelo satte sig ner i soffan, känslan av det slitna tyget mot hans händer var bekant och tröstande. Han öppnade vinflaskan och hällde upp i två glas som Pontus hade hämtat från köket.

"Skål", sa Angelo och höjde sitt glas.

"Skål", svarade Pontus och tog en klunk. "Så, vad är det som händer?"

Angelo tog ett djupt andetag innan han började. "Jag ville prata med dig om något viktigt. Jag har fått en fantastisk möjlighet att öppna mitt eget kafé. Jag ska flytta ut."

Pontus ögon vidgades av överraskning, och han satte ner sitt glas. "Wow, det är stort! Jag visste inte att du planerade något sådant så snart. När händer detta?"

"Väldigt snart", svarade Angelo och kände en våg av spänning och rädsla skölja över sig. "Jag har redan börjat packa, och Naomi har hjälpt mig. Jag ville bara att du skulle veta, och jag ville berätta det för dig personligen."

Pontus lutade sig tillbaka i soffan och nickade långsamt. "Det är verkligen spännande, Angelo. Jag är glad för din skull. Det kommer bli tomt." Angelo log, rörd av Pontus ärlighet. "Men det här är något jag verkligen behöver göra. Jag känner att det är dags att ta nästa steg."

De satt tysta en stund, drack sitt vin och lät tankarna vandra. Luften var fylld med en blandning av melankoli och förväntan, som om de båda insåg att en era var på väg att ta slut samtidigt som en ny började.

"Så, vad ska du kalla kaféet?" frågade Pontus till slut och bröt tystnaden.

"Jag har inte bestämt mig än", svarade Angelo med ett leende. "Jag funderar fortfarande. Har du några förslag?"

Pontus skrattade. "Inget som inte låter helt galet, men lyssna på det här – Bönbuddies!" sa han med ett flin.

Angelo fnissade och tog en klunk av vinet. "Vad sägs om FikaFunk eller Sip & Chill?" kontrade han. De spånade vidare och varje namn blev lite galnare, lite roligare. Vinet gjorde sitt, och kreativiteten tog fart i takt med skratten.

"Alltså det här vinet... det har verkligen åsikter", skämtade Pontus och höjde sitt glas.

Angelo nickade. "Och de åsikterna smakar fantastiskt." De brast ut i skratt och lutade sig tillbaka i soffan.

"Jag är säker på att du kommer på något perfekt, Angelo", sa Pontus till slut.

De fortsatte att prata om framtiden, idéer och tankar. Angelo var helt inne i sina planer, hur kaféet skulle kännas som ett andra hem för folk, hur han ville skapa något eget från grunden. "Jag vet att det är en chansning", sa Angelo och ryckte på axlarna, "men jag måste testa."

Pontus nickade och lät blicken vila på Angelo. Det var sättet han pratade på, så självsäker, men ändå ödmjuk och driven. Som att han redan hade kaféet framför sig och visste att det skulle funka. Angelo pratade om riskerna och utmaningarna men rösten bar ingen tvekan. Det fanns en målmedvetenhet där som Pontus nästan avundades.

Han ville säga något just då men lät bli, istället log han lite, lutade sig ännu mer tillbaka i soffan och lät Angelo fortsätta att fylla rummet med positiv energi.

Vinflaskan blev snabbt tom, och deras samtal flöt från ämne till ämne, från musik till kaffe, från drömmar till verklighet. Kvällen gled över i sent, och Angelo kände en djup tacksamhet över att ha fått en vän i Pontus, någon som förstod och stöttade honom utan att döma.

"Jag borde nog gå tillbaka och fortsätta packa", sa Angelo till slut och reste sig upp. "Men tack för att du tog dig tid att prata. Det betyder mycket."

Pontus reste sig också och gav honom en klapp på axeln.

"Ingen fara, det var bara trevligt, Angelo. Du kommer att rocka det där kaféet. Och glöm inte att komma hit då och då."

Angelo log och nickade. "Tack, Pontus. Absolut." Han gick tillbaka till Naomis lägenhet, fylld med en ny känsla av lugn och beslutsamhet.

Naomi satt bland flyttkartonger mitt på vardagsrumsgolvet och sorterade småprylar. "Så, hur gick det?" frågade hon.

"Det gick bra", svarade Angelo och satte sig ner bredvid henne. "Pontus var verkligen stöttande. Det känns bra att ha berättat för honom."

Naomi lade ner en burk med pennor och sneglade retsamt på honom. "Å vinet tömde ni märker jag", sa hon och gav honom en vänskaplig knuff i sidan.

Angelo gav henne en knuff tillbaka. "Å jag ser att du är klar här, så mig behövde du ju inte", sa han med tacksamhet i rösten.

Det hade blivit sent och flyttkartongerna delade yta med målerigrejer, stafflier och möbler. Naomi gäspade långsamt och började resa på sig. Månens sken kastade ett magiskt ljus över rummet och det kändes som att allt skulle bli fantastiskt bra.

"God natt, Angelo. Jag går och lägger mig nu, du kan väl släcka när du är klar", sa hon med en trött viskning.

Angelo stod kvar i rummet och betraktade alla flyttkartonger som låg utspridda över golvet. Det var nästan ironiskt, tänkte han, att han för inte så länge sedan hade stått precis här med kartonger i famnen, redo att flytta in. Nu var det dags att flytta ut igen.

Så mycket hade förändrats på så kort tid, men trots den märkliga känslan skulle han inte ha velat att det var på något annat sätt. Varje ögonblick, varje händelse, hade format honom och gjort honom till den han var idag.

Han mindes de första dagarna i lägenheten, hur allt kändes nytt och spännande. Nu, när han såg tillbaka, insåg han hur mycket han hade vuxit och utvecklats under denna tid och hur mycket han skulle sakna både Pontus och Naomi, att ha dem nära och kunna umgås.

Han tänkte tillbaka på de sena kvällarna när de satt och pratade om allt mellan himmel och jord. De spontana middagarna han och Naomi hade delat tillsammans och njutit av varandras sällskap. Angelo skulle sakna de små stunderna av vardagslycka, men han kände en stark känsla av tacksamhet för den tid de hade haft tillsammans, samtidigt som han visste att deras vänskap skulle fortsätta växa och att de skulle skapa minnen på andra platser.

Han tog ett djupt andetag och ställde ner den sista lådan på golvet. Allt var precis som det skulle vara.

~ * ~

Vesta hade alltid haft en särskild förmåga att skapa magiska och betydelsefulla stunder. När hon fick veta att Angelo skulle flytta för att förverkliga sin dröm om att äga ett kafé, kände hon att det var dags för en speciell ceremoni.

Hon bjöd in Angelo, Naomi och Pontus till sin lägenhet. Alla tre kom samtidigt till Vestas dörr, och hon släppte in dem med ett varmt leende.

Som alltid speglade Vestas lägenhet den visdom och kunskap hon bar på. Den bubblade över av magiska ting, men allt hade sin plats och var så vackert synkroniserat. Till och med Vega och Moon passade in i inredningen och låg och lapade sol i ett hörn av kuddar i ena delen av vardagsrummet.

I mitten av rummet hade Vesta arrangerat en cirkel av mjuka kuddar och filtar i jordnära färger. I mitten av cirkeln hade hon gjort en vacker mandala av färska blommor, kristaller, örter och levande ljus.

När de alla hade satt sig i cirkeln, såg Vesta på dem med ett varmt, lugnande leende. "Jag har kallat er hit för att fira alla era framgångar och kommande äventyr", sa hon med mjuk röst. "Här, i denna cirkel, är vi ett. Vi delar vår styrka, vår kärlek och våra bästa önskningar för framtiden."

Vesta bad dem att ta varandras händer och blunda. Hon tände rökelse som spred en mild, träig doft genom rummet. "Låt oss ta några andetag tillsammans", sa hon, och de började andas långsamt och djupt i takt. "Föreställ er att varje andetag vi tar fyller rummet med vår gemensamma energi och kärlek."

De kände värmen från varandras händer, och en känsla av djup samhörighet började växa inom dem. Vesta började tala om vänskap, stöd och den styrka de fann i varandra. "Vi är med varandra i varje steg som tas på denna resa", fortsatte hon.

"Vad ni än har framför er och vilka råd ni än får utifrån, så har ni kraften och visdomen inom er att ta rätt beslut", avslutade hon lugnt.

Vesta tog fram en liten flaska med olja och smorde deras handleder, en efter en, medan hon mumlade tysta personliga välsignelser till var och en av dem. Hennes röst var mjuk och fylld av värme och kärlek. När hon smorde Naomis handled, viskade hon: "Naomi, må din kreativitet flöda fritt och fylla världen med skönhet.

Må du alltid finna glädje i ditt skapande och känna styrkan av vår vänskap i allt du gör."

När det var Pontus tur, lade Vesta sina händer på hans handled och viskade: "Pontus, må din vishet och lugn alltid vara en källa till styrka och inspiration. Må du finna frid i ditt inre och veta att du är älskad och uppskattad av oss alla."

Slutligen kom hon till Angelo. Hon lade sina händer på hans axlar och såg honom djupt i ögonen innan hon viskade: "Angelo, må din resa vara fylld av framgång och glädje. Må ditt hjärta alltid minnas denna cirkel av stöd och kärlek. Låt ditt kafé bli en plats där drömmar förverkligas och gemenskaper växer."

Dessa välsignelser, viskade med kärlek och omsorg, fyllde rummet med en känsla av helighet och samhörighet. Var och en av dem kände sig stärkt, påmind om den djupa kärleken och stödet de delade.

De fortsatte att andas tillsammans, och Angelo kände hur hans hjärta svällde av tacksamhet och glädje. Känslor bubblade upp inom dem alla – glädje, tacksamhet och en djup känsla av tillhörighet. Tårar började rinna nedför Naomis kinder, och Pontus slöt ögonen, tydligt rörd.

När ceremonin avslutades, höll Naomi, Pontus och Angelo om varandra. De andades tillsammans, deras andetag blev en enda, och tårar av glädje och rördhet fyllde deras ögon. Det var ett gripande ögonblick som förstärkte deras band och fyllde dem med värme. När ceremonin var över, satt de kvar en stund och samtalade i det mjuka skenet av ljusen.

Angelo delade sina tankar om flytten och de utmaningar han förväntade sig. "Det är skrämmande att lämna detta bakom sig", erkände han, "men det känns som rätt sak att göra."

Naomi nickade förstående. "Vi kommer att sakna dig, men vi vet att du kommer att göra något fantastiskt. Ditt kafé kommer att bli en plats full av kärlek och gemenskap, precis som du alltid har drömt om."

Pontus fyllde i med sin djupa, lugna röst. "Och vi är alltid här för dig. Vad du än behöver, är vi bara ett samtal bort. Du har vårt fulla stöd."

Vesta såg på dem med stolthet och värme. "Ni är en del av varandras resa, oavsett var ni är. Kom ihåg att denna cirkel finns kvar, även när ni är fysiskt långt ifrån varandra. Er vänskap och era band är starkare än avstånd. Inget faller bort eller försvinner, allt finns kvar men i en annan form om ni låter det vara så."

De satt kvar och pratade länge, delade minnen och skrattade. Vesta serverade sina berömda chiakex med nötsmör och sitt värmande Chaga-te. Det var en kväll fylld av djup gemenskap och kärlek, en kväll som de alla skulle bära med sig. En kväll som påminde dem om vikten av att se sig själva i ett större sammanhang.

När det var dags att gå, kände de alla en djup tacksamhet mot Vesta och för varandra. De omfamnade varandra en sista gång innan de försvann upp till sina egna hem. För Angelo var detta en kraftfull påminnelse om att han inte var ensam i sitt äventyr. Trots att han var en vuxen ung man behövde han känna samhörigheten och stödet från andra.

Förändring kan kännas skrämmande, som att stå vid kanten av det okända. Men det är just där möjligheterna finns. Att växa kräver mod, att utmana sig själv och möta sina rädslor. Det kan vara ensamt, men det är också där vi finner styrkan att bli något mer.

Gemenskap är vårt skyddsnät vid kanten. När vi delar bekymmer och framgångar med andra skapas trygghet och tillhörighet. Deras stöd och empati speglar oss, hjälper oss att se våra styrkor och våga ta steg vi annars hade tvekat inför.

Förändring blir mindre skrämmande när vi vet att vi inte är ensamma. Genom gemenskap finner vi styrka, inspiration och mening, en påminnelse om att misslyckanden är en del av resan. Tillsammans tar vi steg in i det okända och upptäcker både vår egen potential och kraften i att bidra till något större än oss själva.

När vi vågar lyssna till våra hjärtan, hand i hand med andra, blir vi inte bara starkare, vi skapar en delad glädje och mening som bär oss längre än vi någonsin kunnat föreställa oss.

~ * ~

Naomi stod vid trappräcket utanför sin lägenhet och såg bort mot gården där Angelo packade in den sista kartongen i sin bil. Hon kände en klump i halsen när hon insåg att det var sista gången hon skulle se honom lämna den här platsen där de alla delat så många minnen.

Pontus kom ut ur sin lägenhet bredvid och ställde sig tätt intill Naomi. Trots den tunga känslan i luften var det en tröst att ha honom där bredvid sig. Deras händer nuddade varandra lätt när de båda tittade på Angelo som körde i väg. Pontus drog handen genom håret och försökte samla sina tankar innan han pratade.

"Det kommer att bli helt tyst här igen", sa Naomi till Pontus – hennes röst nästan viskande i den stilla morgonluften. "Du måste vara rätt nöjd nu när du får ha lugn och ro, eller hur?"

Pontus skakade på huvudet med en mjuk suck. "Nu är du orättvis. Jag kommer att sakna Angelo precis som du."

Naomi skrattade mjukt och mötte Pontus blick. "Jag vet, jag vet", retades hon. "Men du kan ju inte neka att det blir tystare nu."

Pontus log varmt tillbaka och lutade sig mot trappräcket. Han förstod hennes skämt och såg glimten av sorgsenhet i hennes ögon trots hennes lättsamma ton. "Det är sant", svarade han lugnt. "Det kommer att kännas tomt utan honom här, han är ju en i gänget."

De stod tysta en stund och bara tittade på den tomma gatan där Angelos bil hade försvunnit. En ensam fågel hördes sjunga i fjärran, vilket förstärkte känslan av stillhet.

Pontus bröt tystnaden. "Ska jag ta med min gitarr över till dig?" frågade han mjukt. "Kanske kan musiken göra tystnaden lite lättare att bära."

Naomi log tacksamt och nickade. Pontus pillade lite nervöst på gitarrfodralet innan han tog hennes hand försiktigt. "Kom igen, låt oss gå in."

De gick tillsammans in i lägenheten. Det kändes tomt och tyst, som om luften själv hade tagit ett andrum efter Angelos avfärd. Pontus satte sig ner i soffan och lade gitarrfodralet bredvid sig medan Naomi stod vid fönstret och tittade ut över staden. Solljuset kastade mjuka skuggor över rummet, vilket förstärkte känslan av tomhet.

"Det är konstigt hur snabbt saker och ting kan förändras", mumlade hon. "Men jag är glad för Angelos skull. Det är jag verkligen."

Pontus nickade. "Ja, det är verkligen fantastiskt för honom. Men vi kommer att sakna honom här."

"Absolut", sade Naomi medan hon vände sig mot Pontus. "Men vi kommer ju att ses snart igen."

Pontus nickade igen och log varmt. "Ja, vi kan hjälpa honom att få ordning på allt där. Du ska ju sätta upp dina tavlor hos honom", fortsatte han. Han pillade på gitarrfodralets dragkedja, som om det gav honom en stunds distraktion.

Just då ringde Naomis telefon, och hon kände igen numret omedelbart. 'Mika' stod det på skärmen. Hennes hjärta hoppade till och hon stelnade till. Hade hon glömt att radera hans nummer? "Vad vill han?" mumlade hon.

Pontus såg hennes reaktion och rynkade pannan. "Vem är det?"

"Det är ingen särskild", svarade hon och tog ett djupt andetag innan hon tryckte på svara-knappen. "Hej Mika", sa hon och försökte hålla rösten stadig.

"Hej Naomi", svarade Mika. "Hur har du haft det?"

Naomi kände hur en våg av känslor sköljde över henne. Hon ville inte gå tillbaka till det som varit, till smärtan och förvirringen. Hon kände hur hjärtat började slå snabbare. "Jag har haft det bra", sa hon kortfattat. "Jag har arbetat mycket med min konst."

"Jag har hört det", sa Mika. "Jag hörde att du har börjat ställa ut dina tavlor. Det låter grymt kul, Naomi."

Naomi blev förvånad över att det pratades om henne där hemma och kunde inte låta bli att fråga sammanbitet, "Jaså, vem har sagt att jag ställer ut?"

Mika blev förvånad. "Alla vet det, de vet hur grymt talangfull du är", svarade han.

Naomi kände en gnutta glädje samtidigt som hon undrade vad han egentligen ringde för. "Ja, det är magiskt att äntligen få bekräftelse och uppskattning, men vad vill du, Mika?"

"Jag har tänkt på dig", fortsatte Mika. "På oss. Jag undrar om vi skulle kunna prata någon gång."

Naomi kände hur ilskan och smärtan bubblade upp inom henne. Hur kunde han, efter så lång tid, tro att det var okej att kontakta henne när han inte ens ville prata när hon flyttade? Hon samlade sig och lät känslorna tala. "Mika, du säger att du ångrar dig, men du dök upp först när jag lärt mig att leva utan dig. Det här samtalet tar mig tillbaka till en plats jag kämpat för att lämna."

Pontus hade rest sig från soffan och Naomi kände hans hand på sin axel, ett stöd som gav henne styrka. Hon tänkte på sitt nästa ord, men Pontus talade först, med en bestämd röst.

"Lyssna här, Mika", sa han. "Jag känner inte dig eller vet vad ni haft ihop, men jag vore tacksam om du kunde acceptera hennes space. Hon verkar uppenbarligen upprörd över att du ringer!"

Mika var tyst en stund och en gnutta förvånad över den mansröst som helt plötsligt tilltalade honom i andra änden.

"Jag förstår", sa han till slut. "Jag är ledsen, Naomi. Jag ville bara tala om att det börjar rätta till sig för mig nu och jag förstår vad jag förlorat. Jag har varit en skit mot dig och för det ber jag om förlåtelse och ångrar mig bittert."

Naomi tvekade ett ögonblick innan hon svarade. "Jag uppskattar att du säger det, Mika, men jag behöver utrymme att fortsätta framåt. Jag hoppas att du förstår."

"Ja, det får jag väl göra antar jag", sa Mika. "Tack för att du svarade i alla fall, så ja... det var väl det. Ta hand om dig."

När samtalet avslutades kände Naomi sig omtumlad. Hon vände sig mot Pontus, som fortfarande stod tätt intill henne. "Tack, Pontus", sa hon tyst. "Jag visste inte att jag behövde höra det där, men jag gjorde det verkligen."

Pontus log och gick tillbaka till soffan och sjönk ner. Han strök handen över gitarrfodralet och tittade på Naomi. "Vad hände med Mika egentligen?" frågade han. "Vad jag förstod hade ni historia ihop."

Naomi satte sig på soffkanten och ryckte på axlarna. "Äsch, glöm det. Det där är avslutat sedan länge, inget jag vill prata om. Det var den gamla Naomi. Jag är inte den personen längre som behöver sådana som honom."

En stunds tystnad följde medan de båda lät tankarna sjunka in. Naomi kände sig trygg bredvid Pontus. Han hade alltid varit där för henne, som en klippa i stormen, om än lite vilsen ibland. Men han fanns där och trivdes i hennes närhet.

Naomi kunde inte låta bli att betrakta Pontus när solljuset smekte hans bohemiska look. Hans rufsiga hår låg i mjuka vågor runt hans ansikte, och hans avslappnade stil fick honom att se ut som en poet från en annan tid. Det var något med hur ljuset fångade hans drag och gjorde dem mjuka och inbjudande. För en stund förlorade hon sig i den stilla skönheten och kände sig tacksam för att ha honom vid sin sida.

Hon lade sin hand på hans axel. "Kan du hålla om mig?" viskade hon, och Pontus reste sig upp ur soffan och omfamnade henne. Hon kände hans starka armar runt sig och andades in hans lugnande närvaro.

"Tack, fina 'Tusse', tack för att du är du", fortsatte Naomi, hennes röst mjuk.

"Alltid för dig", svarade Pontus och lade sin haka på hennes flätade mörka hår. Hans hjärta var fullt, han behövde inga ord, inga förklaringar. Det var så här det kändes att ha tillit.

Allt var perfekt och precis så som det skulle vara just där och då. De stod där en stund, helt stilla och omfamnade varandra, medan solljuset smög sig in i rummet och fyllde det med en lugnande stillhet. De var helt närvarande i stunden, och allt kändes så naturligt. Naomi andades in Pontus trygga närvaro och den subtila, blommiga doften av D&G Cologne, medan han blundade och höll om henne i stillheten mellan dem.

~ * ~

Solen hade precis börjat sippra in genom de tunna gardinerna i
Naomis lägenhet. Det var en av de där lugna morgnarna när
tiden tycktes gå långsamt och världen utanför kändes fjärran.
Pontus låg på soffan, fortfarande djupt försjunken i sömn,
insvept i en filt som Naomi slängt över honom kvällen innan.

Hon stannade upp i köksdörren, tittade på honom och kunde
inte låta bli att tänka att han såg fridfull och nästan vacker ut
där han låg.

Pontus hade stannat över för att dela en hämtmiddag och ett
glas vin. Deras samtal hade hållit i sig långt in på natten, och att
övernatta var det bästa alternativet när klockan gick över
midnatt. Deras samtal hade vandrat mellan allt och inget, en
påminnelse om hur bekväma de nu var med varandra.

Naomi rörde sig tyst genom det lilla köket och började
förbereda frukost. Hon ville överraska Pontus med något enkelt
men gott. Hon tog fram några ägg, bröd och avokado. Snart

fylldes rummet av den behagliga doften av nyrostat bröd och stekta ägg.

När hon satte på tevattnet hörde hon hur Pontus sakta vaknade till liv. Han sträckte sig och gäspade ljudligt innan han satte sig upp och såg sig omkring. Deras blickar möttes och han log, fortfarande lite yrvaken.

"God morgon", sa Naomi och satte fram en tallrik åt honom.

"Tack, det ser supergott ut", svarade Pontus och tog en tugga.

"Och tack för att jag fick sova här. Jag orkade verkligen inte gå hem igår", hans blick fortfarande fäst på henne.

"Det är lugnt. Du är alltid välkommen här", svarade hon och satte sig bredvid honom. Det fanns något så naturligt i deras samspel, en tyst förståelse som inte behövde ord.

Efter frukosten hjälptes de åt att plocka undan, och sedan gjorde de sig redo för dagens uppdrag. De skulle i väg till Angelo på andra sidan stan, och de hade lovat att hjälpa honom med inredningen till det nya kaféet. Naomi hade tagit med några tavlor som hon tänkte skulle passa perfekt.

De satte sig i Pontus Volvo och körde genom staden. Vägarna var ovanligt tomma för att vara en lördagsmorgon. Träden längs gatorna svajade lätt i vinden och solens strålar kastade ett mjukt ljus över byggnaderna. När de nådde fram till kaféet möttes de av Angelo, som stod utanför och vinkade ivrigt. Hans entusiasm var smittande, och Naomi kände hur spänningen steg.

"Hej! Tack för att ni kom och kul att se er, ni har verkligen saknats!" utropade Angelo och gav dem båda en kram. Inne i kaféet möttes de av ett tomt rum med bara några få möbler utspridda här och där. Väggarna var i en mjuk beige nyans och golvet bestod av mörka träplankor som gav en rustik känsla.

Solen strömmade in genom de stora fönstren och skapade ett varmt sken i rummet. "Vad tycker ni?" frågade Angelo och såg sig omkring med en blandning av stolthet och förväntan.

"Det har så mycket potential", sa Naomi och kände inspirationen flöda. "Vi ska nog kunna få det att kännas precis som du vill."

De började med att bära in några av möblerna som Angelo fått av Hanna, gamla trämöbler, två mjuka soffor, kuddar med orientaliska mönster och handgjorda lyktor. Naomi plockade fram sina tavlor och började hänga upp dem. Deras färger och mönster passade perfekt in i den bohemiska stilen Angelo önskade och strävade efter. De arbetade tillsammans i takt, och tiden flög förbi medan de ordnade och arrangerade.

Pontus tog fram några små växter och placerade dem strategiskt i rummet för att ge en känsla av liv. Murgröna klättrade längs med hyllorna, torkade blommor varvades med gröna luftrenande växter på de små, mysiga borden.

Naomi fastnade för en gammal bokhylla som hon fyllde med böcker om mindfulness, kaffets historia, bildkonst och diverse andra böcker som kunde intressera besökarna. Angelo skrattade och sa att det skulle passa perfekt med hans idé om en läshörna. De hängde upp naturligt växtfärgade textilier på väggarna och dekorerade med kristallprismor i fönstren.

Hanna hade gett Angelo fria händer med kaféet då hon litade på att Angelo skulle förvandla lokalen till ett magiskt ställe som alla absolut skulle älska.

Utanför började staden vakna till liv. Gatorna fylldes med människor som promenerade, cyklade och njöt av dagen. Det hördes skratt och prat från förbipasserande och lukten av nybakat bröd från ett bageri längre ner på gatan spred sig in i kaféet. När klockan närmade sig lunch, bestämde Angelo sig för att överraska dem med en måltid.

Han gick ut i det lilla köket och började plocka fram ingredienser. Doften av färska örter och vitlök fyllde snart rummet. "Jag tänkte att ni kanske är hungriga efter allt arbete", sa Angelo och serverade en enkel men läcker pasarätt med tomater, basilika, fetaost och rödlök, serverat med surdegsbröd.

"Det här ser underbart ut!" utbrast Naomi och tog en tugga. "Precis vad vi behövde." De satte sig vid ett av de runda borden och njöt av maten tillsammans.

Samtalen flödade lätt, fyllda med skratt och beundran över Angelos alla idéer. När de tog en paus och satt kvar vid bordet, kände Naomi hur hon fylldes av en känsla av tillfredsställelse. Det lilla kaféet hade förvandlats till en mysig oas, precis som Angelo hade föreställt sig.

"Det känns som att det här kommer bli ett speciellt ställe", sa Pontus och tog en klunk av sitt isvatten som Angelo hällt upp. "Jag kan redan se folk sitta här och ha djupa samtal över en kopp kaffe eller te."

Angelo log brett. "Ja, det är precis vad jag vill. Ett ställe där folk kan komma och bara vara. Och Pontus, där ska vi ha trubadurkvällar." Angelo pekade på ena hörnet i kaféet där han byggt en liten upphöjning på golvet som en mindre scen.

Pontus såg förväntansfull ut och såg redan fram emot att få hålla i en trubadurkväll just där. De skulle ju snart ha sin första då Angelo skulle inviga stället. Naomi såg på de båda killarna med sådan stolthet. De hade alla tre bidragit med något unikt till det här projektet, och hon var tacksam över att få vara en del av det.

"Så Angelo, har du bestämt ett invigningsdatum än?" frågade hon och log mot killarna.

Angelo samlade ihop deras tallrikar och svarade henne glatt, "Ja, det blir ju om två veckor. Våra flyers är redan ute, vi har fått bra respons. Pontus ska spela och dina tavlor kommer vara en del av kvällen de med."

Pontus såg väldigt nöjd ut och nickade självklart mot Angelo.

Dagen hade flutit på i ett härligt kreativt flow. Kaféet hade förvandlats och stoltheten lös i Angelos ögon. Han hade inte än sagt något om den personal som skulle arbeta tillsammans med honom i kaféet framöver, men det hade han tänkt avslöja på invigningsdagen.

Pontus och Naomi tackade för sig med en stor kram innan de satte sig i Pontus bil för att bege sig hem. Angelo vinkade tacksamt efter dem innan de försvann bort genom stadens vimmel.

~ * ~

Naomi och Pontus kom hem från Angelos kafé efter en lång och givande eftermiddag fylld med djupa och kreativa samtal. Himlen var nu ett mjukt rosafärgat sken och ljuset kastade långa skuggor över den gamla byggnaden som de stolt kallade hem. Pontus gav Naomi ett vänligt hejdå innan han gick upp till sin lägenhet. Naomi, som kände sig både glad och lättad efter förmiddagens inredningsarbete, gick vidare till Vestas lägenhet.

När Naomi öppnade dörren till Vestas lägenhet, möttes hon av den välbekanta doften av örter och det fylliga Chaga-teet som alltid verkade vara en del av Vestas värld. Rummet var fyllt med ett varmt ljus från fönstret och Vesta, med sina färgglada kläder, röda hår och glittrande smycken, stod vid sin köksbänk och rörde om i en gryta. "Naomi, vilken glädje att se dig!" utropade Vesta med sin varma röst. "Kom in och sätt dig, jag har precis bryggt te." Naomi log och satte sig vid det lilla belamrade träbordet i köket.

Vesta hällde upp te i två koppar och satte dem på bordet. Naomi kände hur dagens stress började försvinna, det kändes som deras egna lilla ritual varje gång de sågs och det var en sådan trygghet. "Vi hade en så trevlig tid hos Angelo, vi gjorde verkligen fint där", sa Naomi medan hon tog en klunk av det varma teet.

"Pontus och jag pratade om allt möjligt och jag tror vi båda behövde det." Vesta satte sig ner mittemot Naomi och studerade henne med en blick som var både förstående och nyfiken. "Ja, jag har sett hur ni två fungerar tillsammans. Det verkar som om ni har en speciell dynamik." Naomi blev lätt generad och rörde om i sitt te med skeden. "Vi är bara vänner, Vesta. Det är inget mer än så."

Vesta lutade sig fram och log, men det fanns en glimt av insikt i hennes ögon. "Vänner kan ibland vara mer än vad vi tror. Det är viktigt att vara öppen för möjligheter, Naomi." Naomi blev tyst en stund och lät Vestas ord sjunka in. För att byta ämne tog hon ett djupt andetag och sa: "Jag hörde att Anderssons här mitt emot ska flytta."

"Ja, det stämmer", bekräftade Vesta. "Det kommer att bli en förändring, men varje förändring ger oss också möjlighet till något nytt. Vi får se det som en chans att reflektera och omforma våra liv." Naomi nickade och såg ut genom fönstret mot den lilla gården nedanför. "Det är verkligen så."

"Men jag har något att berätta för dig också." Vesta såg intresserad ut när Naomi fortsatte: "Jag har filat på min frigörande måleriworkshop och jag hoppas att det kan bli en riktigt bra upplevelse för alla som vill delta."

Vesta log brett. "Det låter fantastiskt! Jag är så glad att du ska använda min lokal för det och ingår i vår lilla grupp av kreativa själar. Din energi och din konst kommer att lysa upp rummet och ge folk mycket glädje och insikt, det vet jag."

Naomi kände sig tacksam över stödet och kärleken Vesta alltid förmedlade. "Det känns som en bra möjlighet att dela med mig av det jag brinner för och utveckla något hållbart för framtiden." Vesta tog en klunk av sitt te och en tystnad fyllde rummet.

Katterna Vega och Moon hade nu krupit upp i Naomis knä och spann lugnt. Naomi klappade dem mjukt och kände hur deras värme spred sig genom henne. "Du vet", sa Vesta plötsligt, "det finns något annat jag vill prata med dig om. Jag har hört att Angelos kafé planerar för invigning snart."

Naomi såg förvånat på Vesta. "Ja, det är faktiskt så. Jag hade ingen aning om att du visste det."

Vesta lutade sig tillbaka och såg på Naomi med en lugn och vis blick. "Jo, Hanna berättade när jag var över till kaféet för att köpa bröd och jag tycker att det är en strålande idé att ni, du och Pontus, är en del av det. Det är ett fantastiskt sätt att fira och samtidigt låta er kreativitet och ert samarbete synas."

Naomi blev fundersam. "Ja, det ska bli jättekul att höra Pontus spela igen och mina tavlor kommer ju hänga där också. Men hur skulle vi kunna samarbeta menar du?"

Vesta log och lade en hand på Naomis. "Kanske kan ni arrangera något tillsammans. Någon form av hållbart samarbete som kan koppla ihop ert intresse för konst med kaféets nya initiativ. Det kan vara en utställning, en särskild kväll med musik och konst, eller kanske något annat som ni kommer på. Det skulle kunna ge både er och kaféet en fantastisk chans att på lång sikt visa upp sig."

Naomi tänkte efter. "Det låter faktiskt som något vi borde överväga. Jag ska prata med Pontus om det. Tack för förslaget."

Vesta nickade och såg nöjd ut. "Det är precis sådana möjligheter som kan leda till något oväntat och vackert. Och när du och Pontus arbetar tillsammans på något sådant, kanske ni upptäcker nya aspekter av ert samarbete."

Naomi kände en värme sprida sig inom sig och såg på Vesta med uppskattning. "Jag är så tacksam för din visdom och ditt stöd. Det känns verkligen bra att ha någon som förstår och uppmuntrar en."

"Det är min glädje att kunna vara här för dig. Du har mycket framför dig som är fantastiskt", sa Vesta med ett varmt leende. "Och nu, medan vi sitter här med vårt te och njuter av katternas sällskap, tänk på alla de möjligheter som ligger framför dig. Livet är fyllt med dem, och ibland är det just när vi vågar öppna våra hjärtan och sinnen som vi finner de mest fantastiska äventyren. Som jag sa strax innan Angelo flyttade och ni var här alla tre: I er cirkel är ni ett, och när ni alla är tillsammans skapas något magiskt."

Naomi nickade, kände sig både inspirerad, ödmjuk och hoppfull. Medan samtalet fortsatte, började hon tänka på hur hon skulle kunna integrera Vestas förslag och idéer i sina egna planer.

~ * ~

Naomi steg ut ur Vestas lägenhet med huvudet fyllt av tankar. Vestas stöd och de nya idéerna kring samarbetet på Angelos kafé hade gett henne mycket att fundera över. Hon bestämde sig för att gå upp till sin lägenhet och ta en stund för att samla sina tankar innan hon kontaktade Pontus.

När Naomi nådde sin lägenhet och knappt hade låst upp dörren, hörde hon ljudet av mjuka, melodiska toner som kom från Pontus lägenhet. Gitarrspelet flöt genom de tunna väggarna och skapade en mjuk, behaglig bris av musik som nådde Naomi. Hon stannade till och lyssnade på den melodiska strängen som verkade få hela byggnaden att vibrera i harmoni.

Med ett leende på läpparna bestämde hon sig för att gå över till Pontus för att diskutera invigningen. Hon tog ett djupt andetag och gick mot hans dörr, som hon knackade på lätt. Hon hörde musiken tystna och ljudet av fotsteg när Pontus närmade sig dörren.

När dörren öppnades stod Pontus där med en välkomnande, men något förvånad, min. Hans ögon var lysande men hans ansiktsuttryck avslöjade en aning nervositet han kämpade med att dölja. "Hej Naomi", svarade han och försökte låta som vanligt när han lutade sig avslappnat mot dörrkarmen.

Naomi log och trädde in i lägenheten. "Hej! Jag hörde dig spela och tänkte att det vore bra att prata om invigningen på Angelos kafé. Vesta hade några intressanta idéer som jag ville dela med dig." Pontus nickade och ledde in Naomi i sitt vardagsrum. Rummet var som vanligt klätt i ett kreativt kaos.

Ljusen från fönstren skapade ett mjukt sken över den avslappnade atmosfären. Han pekade på soffan och satte sig ner mitt emot på en av köksstolarna han hade burit in. Trots hans försök att verka självsäker, fanns det en nervös kant i hans rörelser.

"Jag är glad att du kom förbi", sa Pontus, hans röst bar på en blandning av entusiasm och en darrande underton. Han tog en klunk från sin kopp kaffe, hans händer verkade nästan en aning skakiga. "Jag har faktiskt också tänkt på invigningen."

Naomi satte sig ner och såg på honom med nyfikenhet. "Åh? Vad har du i åtanke?"

Pontus lutade sig framåt och försökte samla sitt mod. Hans hjärta bultade snabbare än han ville erkänna, men han försökte behålla sitt professionella yttre. "När jag spelade nyss, började jag tänka på hur vi skulle kunna kombinera våra talanger. Jag

tror att det skulle vara fantastiskt om vi gjorde något där din
sång och dina målningar verkligen kunde komplettera
varandra."

Naomi blev nyfiken och förvånad. "Vad menar du?"

Pontus reste sig upp och gick till sin gitarr. När han började
spela en enkel melodi, kände Naomi hur hans nervositet
övergick i en djupare entusiasm. Han knäppte på sin gitarr och
började prata, hans röst blev mer självsäker när han förklarade
sin idé till musiken. "Jag tänkte att vi skulle kunna ha en kväll
på Angelos där jag spelar och du sjunger. Din sång skulle spegla
dina målningar och skapa en atmosfär som är både visuell och
auditiv. Jag tänker mig att varje sång kan ha en koppling till en
specifik målning, så att publiken verkligen får en känsla för hur
din konst och min musik samspelar."

Naomi blev tagen av hans förslag. Hon kände en pirrande
entusiasm sprida sig inom sig. "Det låter verkligen som en
fantastisk idé! Hur tänker du att vi ska få till det?"

Pontus slutade spela och vände sig mot Naomi med ett
leende som försökte dölja hans inre nervositet. "Vi kan börja
med att välja några av dina mest representativa målningar och
komponera musik som reflekterar deras känslor och teman.
Sedan kan vi tillsammans skapa en upplevelse som är både
personlig och engagerande för publiken."

Naomi nickade ivrigt. "Jag älskar det. Jag har några
målningar i åtanke som jag tror skulle fungera perfekt. De är

ganska olika, så vi kan experimentera med olika musikstilar för att se vad som passar bäst."

Pontus verkade nöjd med hennes entusiasm. "Precis. Vi kan ses innan för att se till så att allt hänger ihop. Om vi lyckas få rätt känsla och stämning, kommer det att bli en kanon bra kväll."

Trots hans självsäkra ord märkte Naomi att Pontus kämpade med en inre oro. Han försökte dölja sina känslor, men det var tydligt att hans nervositet inte bara handlade om invigningen. Det fanns en djupare emotionell komplexitet som han inte var redo att konfrontera.

Under deras samtal hade Pontus svårt att släppa tanken på den där omfamningen som inträffade tidigare hemma hos Naomi. Han mindes hur Naomi hade varit nära och hur hon inte verkade vilja släppa taget på ett sätt som hade fått honom att undra över vad det egentligen betydde. Han kunde känna en blandning av förväntan och osäkerhet när han tittade på henne. "Förresten", började han, "den där omfamningen vi hade tidigare... var det något speciellt för dig?"

Naomi såg förvånad ut och fångade hans blick. Hon kände en plötslig spänning i luften och ett leende lekte på hennes läppar. "Omfamningen? Vad menar du?"

Pontus kände sig plötsligt osäker och tvekade innan han fortsatte. "Jag bara... undrade om det var något mer än bara en vänlig gest. Jag kanske läser in för mycket i det, men det kändes som att det var något mer där."

Naomi var tyst en stund, hennes ansikte var svårt att tyda. Hon såg ut att överväga hur hon skulle svara. Hennes blick vilade på honom med en blandning av nyfikenhet och ett litet smygleende. "Det är intressant att du nämner det. Det var ett ögonblick som kändes speciellt, och jag behövde det, behövde känna mig hållen där och då." Hon reste sig ur soffan och gick fram till honom, drog en hårslinga ur hans ansikte. "Men tänk inte på det nu, 'Tusse'", sa hon lite lekfullt men rakt.

Pontus kände sig lättad och samtidigt frustrerad över hennes vaga svar. Han försökte hålla sitt fokus på det professionella, även om hans känslor hade blivit mer komplicerade. "Ja, du har rätt. Låt oss fokusera på att göra invigningen till en succé."

De fortsatte att diskutera detaljerna för deras framträdande, från hur de skulle strukturera kvällen till vilken musik som skulle passa varje målning. Naomi kände en djup tillfredsställelse i att kunna arbeta med Pontus på detta sätt. När det gällde musik var han väldigt kunnig och hade många idéer. Den kreativitet som flödade mellan dem var nästan magisk, och hon kunde inte låta bli att tänka på hur bra de verkade komplettera varandra.

När de hade kommit överens om en preliminär plan, reste sig Naomi och tackade Pontus för hans tid. "Det känns som vi har en riktigt bra idé här. Jag ser fram emot att göra detta tillsammans med dig."

Pontus följde henne till dörren och sa med ett leende som försökte maskera hans inre oro, "Jag också. Det här kommer att bli något speciellt, jag är säker på det."

Naomi lämnade Pontus lägenhet med ett leende och en känsla av förväntan. När hon gick tillbaka till sin lägenhet, tänkte hon på de nya möjligheterna som låg framför dem. Det fanns en känsla av att de var på väg att skapa något som inte bara skulle vara en unik konstupplevelse, utan också en ny början på deras kreativa resa tillsammans.

Samtidigt, när Pontus stängde dörren bakom henne, kände han en blandning av glädje och en växande emotionell komplexitet som han fortfarande funderade över. Han kämpade med att dölja sina känslor för Naomi, rädd för att det skulle påverka det speciella band som de hade.

Men han måste göra något för att visa henne att han skulle vara där för henne så länge hon ville, och att tiden skulle visa vad som var menat och vad som behövde ses över.

~ * ~

Dagen för invigningen av Angelos kafé hade äntligen kommit. Sommaren hade verkligen varit generös med det fina vädret och solen spelade i husets fönster. Den friska eftermiddagsluften bar med sig löften om en ljus och inspirerande dag.

Pontus stod vid sin bil, som var lastad med allt de behövde för kvällen, målningar, musikutrustning och diverse rekvisita för deras framträdande.

Naomi hade klätt upp sig för tillfället i en elegant men ändå avslappnad klänning som framhävde hennes kreativa stil. Klänningen var en mjuk, grön nyans som passade perfekt med hennes målningar och bar ett subtilt mönster av blommor som tycktes dansa på tyget.

Hennes mörka, flätade hår var delvis uppsatt i en stilfull hög tofs som framhävde hennes ansikte på ett perfekt sätt, och hennes smycken gnistrade med en lätt elegans. När hon kom ut från lägenheten och mötte Pontus vid bilen, stannade han för en stund och betraktade henne med ett uttryck av förvåning och beundran.

Han kände hur hans hjärta slog lite snabbare vid synen av henne, och hans ord fastnade en stund i halsen. "Wow, Naomi... Vad fin du är", fick han fram – hans röst nästan viskande. Han försökte dölja sin förundran bakom ett leende, men det var uppenbart att hon hade lämnat honom mållös.

Naomi log och kände sig smickrad av hans komplimang. Hon visste att hon gick in fullt och helt i sin feminina energi och det gjorde djupa avtryck i honom. Det syntes i sättet hans blick nu dröjde vid henne en sekund längre än nödvändigt, i hur han omedvetet speglade hennes rörelser. "Tack, Pontus. Jag ville att vi skulle ha något speciellt för den här kvällen", svarade hon med ett leende.

De lastade det sista av deras utrustning och satte sig i bilen, redo att åka till Angelos kafé. På väg dit kände Naomi och Pontus en blandning av spänning och nervositet. Deras projekt hade tagit form på ett sätt som de båda hade hoppats på, men nu gällde det att se om deras vision skulle förverkligas.

När de kom fram till Angelos kafé blev de mötta av en levande och välkomnande atmosfär. Den gamla tegelbyggnaden var nu prydd med vackra, färgglada dekorationer och en stor skylt som välkomnade gäster till invigningen. Dörrarna stod öppna, och doften av nybryggt kaffe blandat med bakverk fyllde luften.

Angelo, stod vid dörren och log stort när han såg dem. Han hade på sig en prydlig ljus skjorta, svarta byxor och en förväntansfull glimt i ögonen. "Naomi, Pontus! Välkomna! Jag är så glad över detta. Den här dagen kommer vi alla komma ihåg länge."

Naomi och Pontus hälsade glatt på Angelo och började bära in sina saker i kaféet. Deras vänskap med Angelo gjorde kvällen ännu mer speciell, och det var tydligt att han var lika exalterad som de var över det som skulle komma. Det var en känsla av att vara del av något större, något som var både kreativt och personligt betydelsefullt.

Det var då de såg Clara, som också var där för att hjälpa till under invigningen. Clara, som de alla kände från Vestas retreat, kom fram till dem med ett brett leende. "Naomi!

Pontus! Vad kul att se er igen! Jag är så glad att jag får vara med på den här speciella kvällen."

Clara den unga sprudlande sjuksköterskan med en varm och vänlig utstrålning. Hon bar en enkel men stilfull uniform och hennes ögon glittrade av entusiasm. Naomi kramade om henne och kunde inte låta bli att känna sig ytterligare glad över det stöd de hade fått.

"Det är underbart att se dig här, Clara", sa Naomi. "Vi är verkligen glada över att du är med och hjälper till."

"Jag skulle aldrig kunnat missa detta för allt i världen", svarade Clara med ett stort leende när hon fortsatte att dansa bort bland borden.

Angelo hade även anställt en kille som hette Max och som skulle hjälpa till i serveringen och kassan samt Pauline och Lo som även de skulle ta hand om gästerna och hjälpa till i köket, alla tre kände Angelo sedan innan och Max hade arbetat med Angelo på skolan där Angelo arbetade extra och Pauline och Lo kom from Hannas kafé i stan. De hälsade lite snabbt på Naomi och Pontus innan de fortsatte med sitt för att förbereda invigningen.

När de alla var klara med att bära in och arrangera allt, började gästerna strömma in. Varje ny gäst som klev in i kaféet blev välkomnad av den förtrollande kombinationen av Naomis färgglada målningar och den bohemiskt inbjudande inredningen. Atmosfären blev alltmer levande och fylld av förväntan. Angelo tog till orda för att hälsa alla välkomna. Han stod på det lilla podium som Pontus och Naomi skulle använda senare och höjde sitt glas i en toast.

"Välkomna till den officiella invigningen av 'Cozy Brew', som är en del av Hannas 'Café Collective'! Jag är så glad att ni alla är här för att fira denna speciella invigning med oss. Vi har en fantastisk kväll framför oss, med en unik kombination av konst och musik som kommer att förvandla vårt kafé till en plats av magi."

Han vände sig mot Naomi och Pontus och fortsatte med ett stort leende. "Det är med stor glädje jag presenterar kvällens huvudattraktioner. Naomi, som är en otroligt begåvad konstnär, och Pontus, en fantastisk musiker och kompositör. Tillsammans kommer de att ge oss en upplevelse som förenar deras talanger på ett sätt som vi aldrig tidigare har sett här."

Publiken applåderade och Angelo klappade entusiastiskt. Naomi och Pontus såg på varandra med ett blandat uttryck av förväntan och nervositet. Det var en speciell stund som markerade början på något de hade arbetat hårt för, och nu var det dags att låta deras vision bli verklighet.

När Angelo klivit ner från scenen och kvällen började ta fart, förberedde sig Naomi och Pontus för sitt framträdande. Kaféets inre hade förvandlats till en levande konst- och musikscen, där Naomis målningar hängde på väggarna och Pontus musikutrustning var redo att skapa en magisk atmosfär.

Klockan närmade sig den tidpunkt då deras program skulle börja. Naomi och Pontus tog en kort paus för att samla sig. Naomi såg på Pontus och hans nervösa, men förväntansfulla uttryck. "Är du redo?"

Pontus nickade och försökte dölja sina nerver bakom ett leende. "Ja, jag tror det. Det känns som vi har förberett oss väl och det gick ju bra när vi spelade på musikkvällen hos Hanna för några veckor sedan. Jag bara hoppas att vi verkligen kan få till det vi tänkt även här."

Naomi lade en uppmuntrande hand på hans arm. "Vi kommer att klara det. Vi har lagt ner så mycket arbete och hjärta i det här. Nu är det dags att visa det."

När kvällen började, gick Naomi och Pontus upp på scenen, där en liten grupp av gäster redan hade samlats för att se dem.

Clara och de andra anställda rörde sig smidigt runt i kaféet, såg till att alla hade det bra och att allt flöt på som det skulle.

Pontus satte sig vid sin gitarr och satte på den inspelade pianoslingan han skapat som bakgrund, och Naomi tog plats vid mikrofonen. När de började spela och sjunga, fyllde musiken rummet med en magisk atmosfär som blandade sig perfekt med Naomis målningar. Varje sång speglade en specifik målning och skapade en upplevelse som var både visuell och auditiv.

Publiken blev fängslad av den harmoniska sammansmältningen av konst och musik. Naomis målningar och Pontus musik förenades på ett sätt som överträffade deras förväntningar. Den första målningen blev en drömlik melodi med ljusa, lätta toner, medan den andra skapade en djup och hypnotisk stämning.

När musiken fortsatte och stämningen i kaféet blev alltmer vibrerande, kände Naomi och Pontus att de verkligen hade lyckats med det de ville framföra.

Gästerna applåderade entusiastiskt efter varje framträdande, och det var uppenbart att deras arbete hade rört vid något speciellt hos publiken.

Kvällen fortsatte i samma inspirerande och glädjefyllda anda. Naomi och Pontus kände sig både nöjda och uppfyllda när de steg av scenen och lät inspelad musik fortsätta spelas i bakgrunden. De tog en paus och började mingla glatt med de övriga gästerna på kaféet.

~ * ~

Kaféet var fyllt med en förtrollande stämning som hade
förvandlat Angelos invigning till en kväll att minnas. Gästerna
var lyriska, stämningen var lättsam och glädjefylld, och samtal
om duons succé fyllde rummet. Ljusen från de små lamporna
kastade ett mjukt sken över den avslappnade kafémiljön, och
doften av kaffe och bakverk blandades med euforin från
kvällens framträdande.

Angelo stod bakom disken med ett nöjt leende och pratade
med gästerna, hans stolthet över kvällen tydlig. Han var glad att
ha varit en del av ett så framgångsrikt event och njöt av det
positiva flödet av beröm. Hanna, som kommit dit för att stötta
sin arbetspartner, trängde sig genom vimlet av gäster. "Angelo!"
ropade hon när hon närmade sig. "Det här är helt otroligt!"

"Tack, Hanna", svarade Angelo, hans ögon glittrade av
stolthet. "Jag är så glad att du gillar det."

"Musiken från Naomi och Pontus är fantastisk, och stämningen är magisk", fortsatte Hanna. "Du har verkligen skapat något speciellt."

"Det värmer att höra", sa Angelo med ett tacksamt leende. "Det känns som en dröm som gått i uppfyllelse."

"Jag är säker på att det här kommer bli en succé", sa Hanna. "Grattis till en lyckad invigning." Hon gav honom en vänskaplig knuff i sidan och sken som en sol. Hon hade alltid sett stor potential i Angelo och efter deras egen musikkväll på 'Café Collective' tyckte hon att det var dags för honom att prova sina vingar och för henne att expandera sin verksamhet för att kunna erbjuda ett större utbud och skapa fler "rum" för stadens invånare att vistas i.

Angelo hade arbetat för Hanna i några år, men passionen för kaffe hade han haft sedan barnsben, och det såg Hanna klart och tydligt i varje rörelse, varje kopp och andetag när Angelo arbetade. Hon var stolt som en storasyster och visste att 'Cozy Brew' skulle förbli ett framgångsrikt ställe så länge Angelo höll i trådarna.

Mitt i vimlet stod Naomi vid ett fönster för att få lite frisk luft. Hon kände sig lättad efter att ha framfört sina målningar och musiken på ett sätt som rörde och inspirerade publiken. När hon vände sig om för att återgå till sitt sällskap, blev hon plötsligt stum av förvåning. Där, mitt i det livliga kaféet, stod Mika!

Mika hade en självsäker, men något nervös utstrålning. Han var klädd i en stilren kavaj, blåa något slitna jeans och hans ögon lyste av en blandning av beslutsamhet och förväntan. Han var där i sällskap med några vänner.

När han såg Naomi, tog han några steg framåt och la en hand på hennes axel. Hans röst var fylld av en blandning av iver och förväntan.

"Naomi, jag är så glad att se dig. Jag har hört så mycket om den här kvällen och ville bara säga hej."

Naomi frös till. Hennes hjärta började slå snabbare av både chock och oro. Hon ville inte prata med Mika, speciellt inte här och nu när allt var så lyckat. Hon försökte att le artigt men hennes ögon visade tydligt hennes obehag. "Mika, jag... jag trodde inte att du skulle vara här, varför är du här?"

Mika verkade inte märka det subtila motståndet i hennes röst. Han fortsatte att prata, hans röst fylld av entusiasm och lite anspänning. "Jag har saknat dig, Naomi. Jag tänkte vi kunde prata lite och detta är en perfekt plats."

Mitt i den obekväma situationen lade Vesta märke till vad som pågick. Hon hade njutit stort av invigningen i kaféet och såg Naomi stå med Mika, vars närvaro verkade både påträngande och obekväm. Vesta, som kände till lite av bakgrunden och oroade sig för Naomi, tog ett fast grepp om Pontus arm.

"Pontus, du måste se det här. Jag tror hennes ex har dykt upp och Naomi verkar inte bekväm. Du kanske borde gå över."

Pontus, som just hade blivit djupt försjunken i ett samtal med några gäster, vände sig om och såg vad som pågick. Hans ansikte blev allvarligt och hans ögon sköt en snabb blick mot Naomi och Mika. Utan att tveka, gick han fram mot dem.

Han stannade en bit ifrån och rensade halsen för att få Mika och Naomis uppmärksamhet. "Hej", sa Pontus med en neutral men bestämd ton. "Jag tror att Naomi inte är intresserad av att prata just nu."

Mika såg på Pontus utan att vika undan. Hans ögon blixtrade av irritation när han frågade: "Och du är?" Rösten var rak och hård, medan greppet om Naomis axel blev alltmer påträngande.

Pontus tog ett djupt andetag och rätade på sig. Hans blick var stadig när han såg på Naomi, som verkade både lättad och förvånad över hans ingripande. "Om du varit uppmärksam under kvällen", började han med en jämn men bestämd röst, "så är det jag som är Pontus, Naomis pojkvän. Jag tror också att det är bäst att vår relation förblir privat just nu."

Naomis ögon vidgades i förvåning när hon hörde Pontus uttalande. Hans ord bar en tyngd som hon inte hade förväntat sig, och hennes hjärta slog ett extra slag av tacksamhet. Trots att hon fortfarande kände en viss osäkerhet över situationen, gav Pontus närvaro henne en oväntad känsla av trygghet.

Mika, som nu verkade både chockad och alltmer irriterad, spände käkarna och drog sin hand från Naomis axel. Hans rörelse var plötslig, som om han precis hade insett att han gått för långt.

"Jag förstår", sa Mika med en kylig, nedslagen ton. Hans röst tappade något av sin skärpa, och han tog ett steg tillbaka. "Jag ville bara säga hej. Jag ser att du är upptagen, Naomi... Du och han?" fortsatte han, och hans blick dröjde kvar på Pontus med en tydlig skiftning mot avsmak.

Pontus svarade med en mjuk nickning och lät en skyddande hand vila på Naomis rygg. "Ja, hon och jag. Vart vill du komma? Jag tror att det är bäst för oss att du tar ett steg tillbaka. Vi har en speciell kväll framför oss, och jag vill inte att något ska förstöra den."

Mika kastade en sista blick på Naomi, som om han sökte något, ett svar, en reaktion, innan han vände sig om och gick mot sitt sällskap. De reste sig och lämnade kaféet – hans steg tyngda av besvikelse och förödmjukelse.

När Mika var ute ur kaféet drog Naomi ett djupt andetag av lättnad. Hennes axlar, som hon inte ens märkt varit spända, sjönk ner. Hon vände sig mot Pontus och såg på honom med en blandning av tacksamhet och osäkerhet.

"Jag vet inte vad jag skulle ha gjort utan dig", sa hon med en röst som skakade något av den känslomässiga chocken. "Tack för att du stod upp för mig." Pontus såg på henne med ett uttryck av omsorg och beslutsamhet. Han log svagt, ett tryggt och varmt leende, och svarade: "Det var inget. Jag menade varje ord jag sa."

Vesta, som hade sett hela händelsen, kom fram och lade en hand på Naomis axel. Hon log förtjust när hon såg Pontus stå upp för Naomi på ett så bra och beslutsamt sätt. "Du gjorde rätt, Pontus. Det var bra att du gick emellan. Naomi, du är stark och jag är så glad över att ha fått uppleva denna kväll med er. Du var fantastisk."

Naomi nickade och försökte le. "Tack båda två, det känns bra nu. Jag tycker vi ska fortsätta fira och inte låta detta ändra stämningen."

Med Mika nu borta och den tidigare obehagliga incidenten bakom dem, återvände kaféet gradvis till sin glädjefyllda atmosfär. Sorlet från gästerna fyllde rummet igen, blandat med den mjuka klangen av kaffekoppar som ställdes på borden och en svag doft av nymalda bönor som hängde kvar i luften. De var fördjupade i samtal, pratandes om kvällens magiska kombination av konst och musik, som hade berört alla på ett unikt sätt.

Pontus och Naomi kunde äntligen slappna av och återgå till att njuta av kvällen. Den tidigare tyngden hade lyfts, och det fanns nu en ny känsla av trygghet och gemenskap mellan dem. Pontus, fortfarande med en subtil men stolt värdighet efter sitt ingripande, kastade en sidoblick på Naomi och log svagt. Naomi mötte hans blick och svarade med ett tacksamt leende, som om hon ville säga allt hon kände utan ord.

Angelo, som hade sett det mesta av vad som hänt, gav dem ett varmt, uppmuntrande leende från andra sidan rummet. Med en energisk gest samlade han gästerna och steg fram mot mitten av kaféet, med mikrofonen i handen och en energi som smittade av sig på alla närvarande.

"Hör upp, allesammans!" Angelo slog lätt på mikrofonen och fick hela kaféet att vändas mot honom. Hans röst ekade med en självklar pondus som matchades av hans glada uttryck. "Jag vill tacka er alla för att ni kom till denna speciella invigning. Det har varit en ära att få ha er här ikväll och att dela denna fantastiska upplevelse tillsammans. Ikväll har vi haft förmånen att bevittna en unik kombination av musik och konst, tack vare de enastående Pontus och Naomi. Deras talang och passion har verkligen gjort denna kväll magisk."

När Angelo pausade för att samla sina ord, fylldes lokalen av en varm våg av applåder. Naomi kände hur hennes kinder blossade av rörelse medan hon sneglade på Pontus, som verkade lika ödmjuk men stolt över deras gemensamma prestation.

Angelo fortsatte, nu med ännu större stolthet i rösten: "Jag hoppas att ni alla har haft lika roligt som vi har haft och att 'Cozy Brew' kan bli en plats där vi fortsätter att skapa minnesvärda stunder tillsammans. Så låt oss lyfta våra glas, till en kväll som denna, och till fler som den!"

Ett enhetligt "skål!" fyllde rummet när gästerna lyfte sina glas och leenden spreds från bord till bord. Sorlet återupptogs, denna gång ännu varmare än tidigare. Naomi och Pontus stod kvar i mitten av lokalen, omgivna av människor som kom fram för att uttrycka sin beundran. För en stund kändes allt perfekt, som om inget kunde bryta magin som hade vävts in i kvällen.

Bakgrundsmusiken fortsatte att fylla rummet, invigningen hade varit en succé. Angelo hade lyckats göra något som få förunnats; han hade följt sitt hjärta och öppnat upp ännu en magisk plats där människor kunde komma och njuta av livet, kaffe, långa samtal och fängslande konst. Det var inte bara ett kafé, det var en plats för inspiration och gemenskap för alla.

Pontus, Naomi och Angelo njöt tillsammans med de andra av invigningens festliga stämning i kaféet som höll i sig långt in på småtimmarna.

~ * ~

Kaffekoppar och glas hade samlats på borden, där de skvallrade om den livliga kvällen som nu höll på att tyna bort. En mjuk bris av musik ekade fortfarande svagt i bakgrunden, dess toner lika förtrollande som de hade varit under invigningen. Stämningen i Angelos kafé var varm och avslappnad; en lugn men behaglig energi fyllde rummet medan gästerna började röra sig hemåt och personalen tog itu med kvällens städning.

Angelo, trots att hans kropp utstrålade trötthet efter timmar av engagemang, bar ett leende som vägrade ge vika. Det speglade hans stolthet över vad de tillsammans hade åstadkommit – en kväll präglad av konst, musik och gemenskap.

Naomi, Pontus, Vesta och Clara hade bildat en samordnad liten städförtrupp. Med enkla rörelser plockade de undan bord och stolar, tog hand om glas och kaffekoppar, och torkade av ytor där spår av kvällens kreativitet och glädje dröjde kvar.

Ljudet av disk som staplades i köket, där Max och Pauline flitigt arbetade med att sköta maskinen och rengöra arbetsytor, smälte samman med musikens sista toner.

Clara, befriad från sjukhuskläder och iklädd något mer avslappnat, hade överraskat alla med sin effektivitet. Det var något förlösande i att se henne så naturlig och självsäker, och hon sken upp vid varje tillfälle att dela ett uppmuntrande leende med Naomi och Pontus under det gemensamma arbetet.

Vid ett hörn av lokalen, nära de höga fönstren, samtalade Naomi och Vesta lågmält medan de samlade ihop glas från ett bord. Deras röster flätades samman med kaféets tysta aktivitet, och deras ord var enkla och lätta, men fyllda med värmen från en kväll som inte bara varit framgångsrik utan också givande.

"Det känns nästan som att säga adjö till kvällen", kommenterade Naomi med ett litet leende, som om hon balanserade på linjen mellan glädje och eftertanke. Vesta nickade och höll ett glas i handen som speglade ljuset från de dimmade lamporna ovanför. "Ja, men vilken kväll det har varit. Angelo kan verkligen vara stolt över vad han har skapat här."

Naomi sneglade mot Angelo, som fortfarande hade sitt leende och nu stod vid dörren för att tacka några sista gäster innan de gick. En känsla av tacksamhet fyllde henne; det var ögonblick som detta som gav henne inspiration för nästa skapelse, nästa uttryck av sin konst.

Vesta kastade då och då en blick mot Pontus som rensade ett bord i närheten. Efter ett ögonblick av eftertanke sa hon plötsligt, med en mjuk ton: "Och Pontus, vad jag har sett av honom, verkar vara riktigt bra för dig."

Naomi såg på Vesta med ett leende som spred sig över hennes ansikte. Hennes ögon glittrade av lättnad och genuin glädje. "Det var verkligen magiskt. Jag kände mig så lycklig över att kunna dela det här med alla, och Pontus var så stöttande."

Medan Clara försvann in i köket med ännu en bricka fylld av disk, fyllde Vesta en sopkorg med lugna rörelser. Hon sköt en av de tyngre stolarna mot väggen och tog sig samtidigt tid att samtala med Angelo. Hennes ord hade en värme som gjorde kvällen ännu mer minnesvärd. "Vi har verkligen haft en oförglömlig kväll, Angelo. Tack för att du har gjort detta möjligt."

Angelo, som hade böjt sig ner för att samla upp några smulor från golvet, sken upp vid hennes ord. Hans ansikte strålade av en enkel men djup tacksamhet. "Det har varit en ära att ha er här, att få visa allt detta för de allra bästa. Jag är så glad att det blev så lyckat." Han räckte ut handen och rättade till en stol, hans rörelser var avslappnade men präglade av stolt engagemang.

Han hade redan fyllt Pontus bil med saker som behövde transporteras och bar sig med en stolthet som en ungtupp, sprickfärdig av glädje över kvällen, invigningen och all den fantastiska responsen han fått.

Mitt i städandet, när de nästan hade fått undan den största röran, tog Pontus tillfället i akt. Han drog Naomi åt sidan mot ett av kaféets lugnaste hörn. Det var en plats där det stilla ljuset från gatlamporna sipprade in genom fönstren och skapade en avslappnad atmosfär som kontrasterade mot kvällens intensitet.

"Naomi, det här är nog inte rätt tidpunkt, men jag måste få säga detta", började Pontus med en nervös men bestämd röst, hans blick fast på hennes ansikte som om han sökte mod i hennes närvaro. Naomi såg på honom med värme och nyfikenhet, hennes leende lugnt och uppmuntrande. "Vad är det, Pontus?"

Pontus tog ett djupt andetag. Hans händer var lätt skakiga, men han dolde det väl när han såg henne djupt i ögonen. "Jag vet att vi har haft en fantastisk tid tillsammans, och att vi har skapat något verkligen speciellt här och tillsammans med Angelo. Men jag måste vara ärlig med dig om mina känslor nu. Jag har insett att jag har starka känslor för dig, Naomi, jag menar jäkligt starka känslor."

Han pausade och tog ett kort andetag innan han fortsatte, hans röst ännu mer bestämd. "Det är mer än bara vänskap för mig, och jag vill att du ska veta det. Jag må vara förvirrad ibland, nervös när vi pratar, och jag har aldrig varit med om något sådant här innan. Men detta är ärligt, jag menar varje ord."

Naomi blev inte chockad över hans ord. Istället fylldes hon av en våg av lättnad och glädje. Hennes blick mötte hans med ett uttryck av trygghet och ömhet. "Pontus, du behöver inte vara nervös med mig. Du ger mig trygghet och värme, och jag har alltid kul när vi är tillsammans."

Med ett mjukt leende lutade hon sig fram och gav honom en kyss på kinden. "Tack för att du delade det med mig. Det betyder mycket för mig, och du betyder mycket för mig, 'Tusse'."

Pontus tog hennes hand, hans grepp var varmt och stadigt, och drog henne närmare sig i en omfamning. Naomi lät sig svepas in i hans armar igen, och för en stund kändes det som om världen hade saktat ner runt dem. Den hektiska kvällen försvann i bakgrunden, ersatt av en stillhet som var deras egen.

Pontus var inte längre samma unga man som hon hade pratat med första gången. Genom musiken och alla nya möten hade han blommat ut, kommit i kontakt med sina känslor och hittat en ny styrka. Naomi kände att det var ögonblick som detta hon ville bevara – stunder där livet kändes oändligt och magiskt, och allt var möjligt.

Efter en stund återvände de till de andra, som nu var klara med städningen och redo att åka hem.

Vesta och Clara väntade vid dörren, och Vesta gav Pontus en diskret, men uppmuntrande blinkning. "Det verkar som om ni två har haft ett bra samtal", sa hon med ett leende.

Pontus log lite diskret tillbaka, han visste att hon redan visste; Vesta var ju sådan, som visste innan man sagt något själv.

Naomi och Pontus gick fram till Vesta och Clara. Naomi omfamnade Vesta i en varm kram. "Tack för allt, Vesta. Jag är så glad att du var här för att stötta oss."

Vesta kramade tillbaka och såg på Pontus med en glimt av stolthet. "Ni gjorde ett fantastiskt jobb. Jag ser verkligen fram emot att se er framtida resa tillsammans."

Vesta och Clara gick till Vestas bil och försvann i gatlampornas sken.

Angelo följde Pontus och Naomi till Pontus bil och innan de skiljdes åt gav Naomi Angelo en stor kram. "Tack Angelo för allt, detta var magiskt, låt oss fortsätta att skapa tillsammans", sa hon med ett leende.

Angelo tittade stolt på de båda vännerna. "Det är jag som ska tacka er, Naomi. Tack för er och för den vänskap ni ger mig. Ta det lugnt nu, "ungdomar"", fortsatte han skämtsamt och gav Pontus en broderlig klapp på axeln. Pontus log tillbaka och startade bilen. De två körde hem i natten och lämnade Cozy Brew och Angelo bakom sig. Stämningen i bilen var laddad av energi.

Naomi satt tyst och stirrade ut genom fönstret, månen kastade fläckar av silver över landskapet. Pontus hade just avslöjat sina känslor, och det ekade fortfarande i hennes tankar.

"Hur länge?" frågade Naomi till slut, hennes röst tunn och nästan en viskning. Hennes blick sökte hans i det svaga ljuset från instrumentpanelen, där skuggorna dansade som viskningar av allt osagt.

Pontus höll blicken stadigt på vägen, men hans grepp om ratten avslöjade den inre turbulens han försökte kontrollera. Knogarna var vita och hans rörelser spända, som om han höll fast vid något som annars kunde glida bort. "Åh, du skulle bara veta hur länge", svarade han −hans röst bar på en rå blandning av lättnad och osäkerhet. Naomi kände hur hennes hjärta slog hårdare, snabbare, varje ord trängde djupt in. "Varför sa du inget tidigare?"

Pontus andades in långsamt, som för att ge sig själv tiden att forma orden han kämpat med så länge. "Jag var rädd, antar jag", erkände han, hans röst skälvande men ärlig. "Ikväll, när jag såg dig le bland alla andra, och när vi stod där med Mika... jag kunde inte hålla det inne längre. Jag trodde jag höll på att bli tokig. Jag har försökt ignorera det, tänkt att det skulle gå över. Men det gjorde det aldrig. Det blev bara starkare."

Bilen fortsatte genom den sovande natten, dess strålkastare svepte över tomma gator och tystnade hus. Det dova motorljudet blev en neutral bakgrundsmatta till en tystnad som egentligen inte var tyst, det var fylld av tusen osagda ord och känslor. Naomi satt med blicken riktad mot fönstret, men de passerande gatorna och lyktorna var suddiga för henne, ett skeende hon inte kunde ta in. Istället fylldes hennes sinne av hans ord, av hans tonfall, av det mod han visat.

Pontus körde med ena handen på ratten och den andra vilandes lätt på växelspaken. Hans fingrar trummade nervöst mot plasten, rytmen lika oregelbunden som hans tankar. Han kände hur varje sekund sträcktes ut, som om natten själv vägrade låta dem gå vidare innan något sagts.

"Säg något, snälla", sa han till slut – hans röst låg och tvingad att bryta tystnaden. Det låg något i den, en sårbarhet hon inte kunde ignorera. Naomi blundade kort, hennes tankar rusade. "Jag vet inte vad jag ska säga."

Pontus sneglade snabbt åt hennes håll, hans skratt nervöst och tyst, mer för honom själv än för henne. "Jag vet inte ens vad jag hoppas på att du ska säga."

Bilen saktade in vid ett rödljus, och för första gången under hela bilfärden hem vände Naomi sitt ansikte mot honom. Det svaga ljuset från lyktorna utanför ramade in hans profil – hans käkben spända, hans axlar något uppdragna som om han bar vikten av sin egen sårbarhet.

"Jag trodde inte du kände så", sa hon till slut, och hennes röst var mjuk, nästan försiktig som om hon försökte närma sig något bräckligt. Pontus drog en hand genom håret, en rörelse fylld av frustration och lättnad. Han såg rakt fram genom vindrutan, de gröna ljusen väntandes på honom. Men han rörde sig inte.

"Naomi", började han – rösten fylld av något djupt och innerligt. "Vem skulle inte känna så för dig?"

Ljuset slog om till grönt, men de var kvar, i ett ögonblick som nu var helt och hållet deras. Tiden tycktes hålla andan, och i luften mellan dem fanns något äkta, något som Naomi hade saknat och längtat efter. Inte ens under sitt förhållande med Mika hade något känts så ärligt.

Pontus la till slut i ettan, och bilen rullade vidare genom natten. Gatlyktornas sken flödade över Naomis ansikte i mjuka blinkningar, som dansande ljus på hennes hud. Pontus sneglade på henne, hans hjärta bultade kraftigt i bröstkorgen, som om det var på väg att ta ett språng. Orden hade lämnat honom och nu låg de i hennes händer, något han inte kunde kontrollera längre.

~ * ~

Nattens mörker svepte in staden som ett mjukt, skyddande täcke, och syrsor spelade en stilla symfoni som harmoniserade med tystnaden. Under den stjärnklara himlen gled bilen ljudlöst in på parkeringen, och ett ögonblick av stillhet följde. Luften utanför var sval och klar, och båda satt kvar, insvepta i den magi som kvällen hade skapat.

Pontus stängde av motorn, och den sista vibrationens dova ekande lade sig i tystnaden. Han sneglade på Naomi. Det svaga ljuset från instrumentpanelen mjukade hennes drag, och hennes ögon glittrade, fyllda med kvällens framgång och något osagt – en reflektion av allt som hade hänt. Han kunde knappt förstå att han faktiskt hade vågat erkänna sina känslor för henne. Det kändes overkligt, nästan som en dröm.

"Det var verkligen en speciell kväll", sa Naomi till slut – hennes röst lika mjuk som nattens omgivning och fylld av eftertanke.

Pontus log svagt, hans hjärta slog fortfarande i takt med nattens symfoni. "Ja", svarade han, och hans ord var färgade av en känsla som var större än honom själv. "Det känns som om vi delade något magiskt."

De steg ur bilen, båda med instrument och förstärkare i händerna, och började bära upp grejerna genom den stilla trappuppgången. Varje steg ekade som om byggnaden bar deras förväntningar och känslor. Det var en sömnig stillhet runt dem, och ljudet av deras steg blandades med den lågmälda stämning som fortfarande låg kvar från kvällens förtrollande ögonblick.

När de kom fram till Pontus dörr pustade de ut. Deras blickar möttes för ett ögonblick – ett enkelt möte, men fyllt av en tyst förståelse. Det var som om ord inte behövdes längre.

"Välkommen in, om du vill", sa Pontus och öppnade dörren. Hans ton var förvånansvärt avslappnad, även om han kände hur nervositeten trängde under ytan. Naomi gav honom ett varmt, lugnande leende och följde honom in genom dörren.

"Det känns alltid så fridfullt här", sa hon och sparkade av sig skorna innan hon sjönk ner i den slitna, bekväma soffan i vardagsrummet. Det var en plats som kändes genuin, som om allt i rummet berättade en historia om honom.

Pontus ställde sin gitarr åt sidan och satte försiktigt förstärkaren på golvet. Han satte sig bredvid henne, med en tysthet som inte var obekväm utan snarare full av ett slags tillgivenhet och trygghet. Deras närhet kändes naturlig, och den stilla magin som kvällen hade gett dem verkade vilja stanna kvar för en stund längre.

Nattens mörker låg nu som ett mjukt täcke över staden, och en svag symfoni av regndroppar mot fönstret fyllde rummet med en stilla rytm. Pontus satt med armbågarna mot knäna, händerna sammanflätade, blicken sänkt. Hans ord hade varit ärliga, men de bar också på en tyngd som han inte kunde skaka av sig.

"Tack för en fin kväll, och jag är glad över att du vet hur jag känner nu", erkände han och såg ner på sina händer. "Det har verkligen inte varit lätt att hantera dessa känslor. Folk tror att det är lätt för att man är man, men..." Pontus pausade, drog ett djupt andetag och skakade på huvudet. "Jag har alltid velat att det ska bli bra."

Hans röst var låg, nästan viskande, och orden speglade hans osäkerhet men också hans ärlighet och sårbarhet. Naomi, hennes ögon mjuka och fyllda av något han inte kunde läsa. Hon lutade sig lätt framåt, som om hon försökte nå honom utan att tränga sig på.

"Och vad betyder 'bra' för dig?" frågade hon försiktigt – hennes röst lika mjuk som regnets rytm.

Pontus lutade sig tillbaka och suckade, lät huvudet vila mot ryggstödet på soffan bakom dem. Han såg upp mot taket, som om han sökte svar där. "Att jag inte förstör det vi har. Att jag inte gör dig osäker, att jag inte... ångrar något jag säger."

Naomi betraktade honom en stund, hennes blick stadig men fylld av värme. Hon sträckte sig fram och rörde lätt vid hans hand, knappt en beröring, men det var tillräckligt för att få honom att titta upp. Deras ögon möttes, och i det ögonblicket fanns det något som förändrades.

"Kanske är det dags att sluta tänka på att allt ska bli så förbannat perfekt", sa hon stadigt, hennes röst fylld av en ny styrka. "Och börja tänka på vad som är sant."

Naomi sträckte sig fram, tog tag i hans nacke och gav honom en kyss på munnen. Kyssen var först mjuk, nästan trevande, men den förändrades snabbt. Det var som om något mellan dem brast, en mur som funnits där men nu föll, och allt som hållits tillbaka vällde fram.

Pontus blev förvånad men höll henne kvar. Hans hjärta slog så högt att han kunde höra det, och det brände i hela bröstet. Han lät sig dras med i stunden, som om han förlorade sig själv och samtidigt fann något han inte visste att han saknade. Det var mer än en kyss; det var ett sammanflätande, en förening av allt de varit och allt de kunde bli.

Han hade aldrig upplevt det förut. Han kände Naomis fingrar genom sitt hår, hur hon drog honom närmare. Det var som att något inom honom vaknade, en styrka, en urkraft av maskulinitet som inte handlade om dominans eller kontroll, utan om närvaro, trygghet och ärlighet. Han ville hålla henne, ge henne utrymme att blomstra, att känna sig helt och fullt sig själv.

För första gången i livet släppte Naomi taget om osäkerheten. Hon kände det i varje fiber av sin kropp, hur hon öppnade sig, hur hon vågade vara sårbar, hur hon sjönk in i sin feminina energi på ett sätt hon aldrig gjort förut. Pontus var där, stadig och närvarande, utan krav eller förväntningar. Bara ren, ofiltrerad längtan.

Naomis läppar var mjuka mot hans, och för ett ögonblick försvann allt annat. Pontus slöt ögonen och kände värmen från hennes hand mot hans nacke. Han andades in hennes doft, något som påminde om regnvåta blommor. Hennes närhet var överväldigande, och hans sinne rusade.

När de långsamt bröt kyssen satt de kvar nära varandra, fortfarande inneslutna i ögonblicket. Naomis blick var varm, nästan undrande, som om hon själv var överraskad av vad som just hade hänt. Pontus kände hur hans händer darrade lätt där de vilade mot hennes midja, oförmögen att släppa taget; så länge hade han längtat efter detta ögonblick.

"Förlåt", viskade hon, fast det inte fanns någon tvekan i hennes röst, bara en tyst bekräftelse på vad de båda redan kände.

Pontus skakade på huvudet, lät handen vandra upp till hennes ansikte och smekte bort en fläta från hennes kind. Ett litet leende spred sig över hans läppar. "Inget att be om ursäkt för."

Naomi skrattade till. Hon kände sig sedd och vacker på ett sätt hon aldrig gjort förut. Inte för att han sagt det, utan för att han fått henne att känna det själv. Hon lät fingertopparna glida över hans käklinje, ner mot hans hals.

Minuterna som följde var tunga av outtalade ord, men även utan att säga något var de två närmare än de någonsin varit.

"Du vet, Anderssons mittemot Vesta ska flytta ut", avbröt Naomi plötsligt, hennes röst mjuk men fylld av något outtalat. Hon kastade en snabb blick på Pontus, som i sin tur ryckte till av den oväntade informationen. "Den lägenheten kommer snart bli ledig."

Pontus höjde på ögonbrynen, förvånad över det plötsliga ämnesbytet. Hennes ord satte i gång en virvelvind av tankar i hans huvud. Var detta en indirekt fråga om att ta nästa steg? Att flytta ihop? Eller var det bara en tanke hon ville dela? "Tror du den är fin?" frågade han, och hans försök att låta neutral hindrade inte den lätta nervositeten i hans röst.

Naomi log försiktigt, hennes leende bar på en värme som lugnade honom. "Ja, och större", svarade hon. "Tänk om vi skulle gå och titta på den någon dag?"

Hennes ord hängde kvar i luften, fyllda med möjligheter. För första gången på länge tänkte Pontus inte på allt som kunde gå fel. Istället kände han en värme sprida sig genom kroppen, en glädje som kom från tanken på att dela vardagen med Naomi, på riktigt. "Det skulle jag verkligen vilja", sa han, och hans röst bar en ärlighet som både överraskade och lättade honom.

"Då så!" Naomi skrattade lågt och lutade sig mot honom. Hon drog upp knäna mot kroppen och vilade huvudet på hans axel. Det behövdes inga fler ord, hon visste att han förstod. Hon slöt ögonen, och hennes andetag blev snart jämna och lugna.

Pontus satt kvar, omsluten av nattens stillhet och framtidens löften. Hans fingrar sökte sig långsamt till fickan, där amuletten han fått av Vesta låg. Den lilla påsen, fylld med kristall och örter, hade varit med honom genom mycket. Nu tog han försiktigt fram den och höll den i handen, som om den kunde ge honom styrkan att möta allt som väntade.

Att hålla den nära påminde honom om hur långt han kommit, från att ha varit osäker och tillbakadragen till att våga stå för sina känslor. Det var en påminnelse om att hans resa, hans förvandling, inte hade varit förgäves. När han höll amuletten i handen kände han värmen från den sprida sig, inte bara genom hans kropp, utan genom hela hans själ.

Han lyssnade på Naomis jämna andetag och kände hur allt blev självklart. Anderssons lägenhet, en plats där deras musik, konst och liv kunde vävas samman, var inte längre bara en tanke. Det var en möjlighet. En verklighet. Hans tankar svävade över kvällens händelser: Angelos stolta leende, publikens applåder, och framför allt den tysta förståelsen mellan honom och Naomi. Det var en cirkel som slöts, en resa som ledde dem fram till just detta ögonblick.

Sommaren närmade sig sitt slut, och hösten, med allt den bar med sig, låg framför dem. Det var som om allt hade fallit på plats, som om universum själv viskade att detta var rätt. Med ett mjukt leende drog han en filt över dem, drog Naomi tätare intill sig och kysste henne varsamt på huvudet innan han slöt ögonen.

Natten var fylld av den lugna vissheten om att deras väg var deras egen att vandra. Huset där de mötts hade inte bara gett dem vänskap och minnen, det hade gett dem en grund att bygga vidare på. De hade förändrats, inte genom stora, dramatiska handlingar, utan genom tysta ögonblick av ärlighet och mod.

De hade funnit styrkan att följa sina hjärtan, att ta steget ut i det okända och möta dem de verkligen var. Gränsen mellan dröm och verklighet suddades ut, och i det enkla, i tystnaden, fanns en magi som alltid hade varit där, inom dem.

Med varje steg framåt växte vissheten: den som vågar lyssna till sitt hjärta finner alltid hem.

~ Bonus material ~

Här finner du en serie meditationer, ceremonier och recept
som är utformade för att fördjupa din upplevelse och koppling
till berättelsens tema och karaktärer.
Genom att utföra dessa meditationer och ceremoni får du
möjlighet att reflektera över de insikter och upplevelser som
framkommit, samt att integrera dem i ditt eget liv.
Dessa meditationer är inte bara ett sätt att förlänga resan du
har tagit genom sidorna utan också ett verktyg för personlig
utveckling och inre välbefinnande.
Utforska dem i din egen takt och upptäck hur de kan bidra
till din egen berättelse.

Morgonritual

Använd denna morgonmeditation i din morgonritual för att få en bra start på dagen.

Steg 1: Förberedelse:

Börja med att hitta en lugn och bekväm plats där du kan sitta ostört under några minuter. Välj gärna en plats med naturligt ljus om möjligt, eller tänd några mjuka ljus för att skapa en avslappnad atmosfär. Sitt bekvämt med ryggen rak men avslappnad.

Steg 2: Inledande avslappning:

Stäng försiktigt dina ögon och börja fokusera på din andning. Ta djupa, lugna andetag in genom näsan och långsamt ut genom munnen. Låt varje utandning släppa spänningar och oro från kroppen.

Steg 3: Body Scan:

Fortsätt att andas lugnt medan du riktar din uppmärksamhet till din kropp. Börja med att fokusera på dina fötter och låt dem slappna av. Förflytta sedan din uppmärksamhet uppför benen, låren och höfterna. Mjuka upp spänningar i magen, ryggen och bröstet. Fortsätt upp för dina axlar, hals och huvud, andas lugnt.

Steg 4: Lugnande av tankar:

Låt tankarna komma och gå utan att fastna vid dem. Tänk på dem som moln som drivs förbi på en himmel. Om tankar eller känslor dyker upp, observera dem utan att döma och återgå sedan till din andning.

Steg 5: Visualisering:

Föreställ dig nu att du är omgiven av ett varmt, lugnande ljus. Detta ljus fyller dig med lugn och välbefinnande från topp till tå. Se det som en stråle av ljus som flödar genom dig, rensar ut spänningar och ger dig energi.

Steg 6: Affirmationer:

Upprepa tyst för dig själv några positiva affirmationer som känns meningsfulla för dig. Det kan vara en kort mening som "Jag välkomnar denna dag med öppet hjärta och sinne", eller "Jag är stark och i harmoni med mig själv."

Steg 7: Tacksamhet:

Rikta nu din uppmärksamhet till det du är tacksam för i ditt liv. Reflektera över små och stora saker som du uppskattar. Det kan vara människor, händelser, hälsan eller ens egna personliga egenskaper

Steg 8: Avslutning

När du känner dig redo, börja sakta röra på dina fingrar och tår. Öppna dina ögon försiktigt och ta några djupa andetag för att markera slutet på din meditation. Ta med dig känslan av lugn och inre frid med dig in i dagen.

Skogsbad

Skogsbad, eller "shinrin-yoku" på japanska, är en metod för att dra nytta av naturens helande kraft genom att vara närvarande och medveten om din omgivning.
Här är en skogsbad meditation i steg som du kan använda dig av när du är ute i naturen:

Steg 1: Förberedelse:

Hitta en lugn skogsplats som känns trygg och avskild. Gå sakta och medvetet in i skogen och ta några ögonblick för att känna in din omgivning.

Steg 2: Välj din plats:

Hitta en bekväm plats att sitta eller stå på. Det kan vara vid en klar bäck, under ett stort träd eller på en mossklädd sten. Låt denna plats känna sig välkomnande och naturlig för dig.

Steg 3: Inledande avslappning:

Stå eller sitt bekvämt med ryggen rak men avslappnad. Stäng försiktigt dina ögon och börja fokusera på din andning. Ta djupa, lugna andetag in genom näsan och långsamt ut genom munnen. Låt varje utandning släppa spänningar och oro från kroppen.

Steg 4: Sinnesnärvaro:

Börja med att uppmärksamma dina sinnen. Vad hör du runt omkring dig? Fåglarnas sång, vinden som susar genom löven, eller det tysta ljudet av din egen andning? Uppmärksamma också vad du ser, känslan av luften på din hud och eventuella dofter.

Steg 5: Känn jorden under dig:

Lägg märke till markens stadga under dina fötter eller sätet på din plats. Känn den fysiska anslutningen till jorden och låt den ge dig en känsla av stabilitet och trygghet.

Steg 6: Uppmärksamhet på detaljer:

Öppna ögonen ett slag och ta dig tid att observera naturens detaljer omkring dig. Studera träden och deras blad, notera färgerna och texturerna. Kanske ser du små djur eller växter som växer på marken. Var närvarande i varje ögonblick.

Steg 7: Djup andning och närvaro:

Här kan du ha stängda eller öppna ögon.
Fortsätt att andas djupt och lugnt. Låt din uppmärksamhet vandra genom skogen, men kom tillbaka till din andning när tankar vandrar i väg. Låt skogen omfamna dig och fylla dig med lugn.

Steg 8: Tacksamhet och avslutning:

Avsluta din meditation genom att reflektera över tacksamhet för denna tid i naturen. Tacka skogen för att den har välkomnat dig och gett dig sin energi. När du är redo, öppna sakta dina ögon om de varit stängda och ta med dig lugnet och närvaron in i resten av din dag.

Släppa taget

För att hålla en ceremoni för att släppa taget, kan du följa dessa steg, Genom att genomföra denna ceremoni kan du skapa en ritual för att medvetet släppa det förflutna, det som inte längre tjänar dig och välkomna nya möjligheter och framtida tillfällen:

1. Förberedelse och inledning:

Hitta en lugn plats utomhus eller inomhus där du känner

dig bekväm och ostörd.

Tänd ett ljus eller en rökelse för att skapa en avslappnad atmosfär.

Sätt dig bekvämt med ryggen rak och slappna av i din stol, en kudde på golvet eller filt på marken.

2. Andningsövning:

Börja med att fokusera på din andning. Ta djupa andetag in genom näsan och långsamt ut genom munnen.

Låt varje utandning släppa spänningar och oro från kroppen.

3. Reflektion och insikt:

Tänk på det som du vill släppa taget om. Det kan vara gamla tankar, känslor, relationer eller situationer som inte längre tjänar dig.

Tillåt dig själv att känna de känslor som dyker upp, utan att döma dem. Låt dem vara och låt dem flyta genom dig.

4. Symbolisk handling:

Välj en symbolisk handling som representerar att släppa taget. Det kan vara att skriva ner det du vill släppa på ett papper och sedan bränna det i en skål under säkra förhållanden, eller att släppa en sten i vattnet för att symbolisera frigörelse.

Utför denna handling medvetet och med inre frid.

5. Tacksamhet och avslutning:

Avsluta ceremonin genom att rikta din uppmärksamhet till det som du är tacksam för i ditt liv. Tacka dig själv för att ha haft modet att släppa taget om det som inte längre behövs. Ta några djupa andetag för att markera slutet på ceremonin och låt dig själv känna lättnad och frihet.

Rening för kropp och själv

Innan skogsbadet på Vestas retreat bjöd Mia Linn deltagarna på en örtdryck bestående av olika örter som är bra för både lugn och rening. Denna varma dryck kan drickas när som helst du behöver lite extra rening från tung energi och behöver mer lugn runt omkring dig.

Blanda följande örter i en skål:

2 tsk Nässlor – För ökad vitalitet och rening

1 tsk Citronmeliss – För sin friska doft och rening av tung energi kring mage och tarmar

1 tsk Mynta – För klarhet och fokus

1 tsk Lavendel – För ett rofyllt lugn

1 tsk Kamomill – För att lindra stress och främja känslomässig balans

1 nypa torkade rosenblad – För att lyfta hjärtat och tillföra kärleksfull energi

1 tsk Lakritsrot – För att stödja energiflödet och för att addera en naturlig sötma

Brygg teet:

Lägg 1–2 teskedar av blandningen i en tekula eller tesil i en kopp.

Häll hett vatten över.

Låt stå och dra ca: 5–7 minuter.

Ta bort tekulan/tesilen.

Njut av ditt stärkande och renande te.

Följ ditt hjärta och lev autentiskt

Att följa sitt hjärta handlar om att lyssna på sin inre röst och leva i linje med sina värderingar och drömmar.

När vi lever autentiskt skapar vi en känsla av mening och tillfredställelse, samtidigt som vi bygger ett liv som verkligen speglar dem vi är.

Att ignorera sina egna behov och önskningar kan leda till att vi känner oss vilsna eller fastnar i andras förväntningar.

1.Utforska dina värderingar:

Reflektera över vad som verkligen är viktigt för dig, vilka principer du vill leva efter.

2. Lyssna till din intuition:

Ge dig själv tid att känna efter vad som känns rätt och fel och lita på din magkänsla.

3. Våga säga nej:

Lär dig att sätta gränser och prioritera det som känns rätt för dig, även om det innebär att gå emot andras förväntningar.

4. Släpp jämförelser:

Fokusera på din egen resa och låt andras framgångar inspirera snarare än att stressa dig.

5. Gör det du älskar:

Hitta tid för aktiviteter och människor som ger dig energi och glädje.

6. Acceptera dina brister:

Perfektion är en illusion. Att vara autentisk innebär att omfamna både dina styrkor och svagheter.

7. Omge dig med rätt människor:

Välj att umgås med människor som respekterar och stöttar dig i din strävan att vara dig själv.